# 珈琲茶寮「蓬邑亭」
# 吟行　日常茶飯句

山田　隆一

文芸社

目次

# 濃尾平野と三大川

## 蓬生《よもぎふ》の邑《むら》に珈琲専科なり

草深い濃尾平野の片隅に、珈琲茶寮「蓬邑亭」を開業して、とうとう十八年目に入ってしまった。退職後の第二ステージとして、およそ十年を目安にしたつもりである。蓬邑亭はどう見ても料理屋、割烹の屋号で、喫茶店の看板には少々無理がある。もともと料理屋をやろうと、妻と二人、共稼ぎの頃から話し合っていた。それが喫茶店に変わってしまったいきさつはあったが、料理屋としてつけた屋号をそのままに、生まれ故郷の海津市高須町で珈琲専科を起ち上げた。店は農村地帯には不似合いで、棚に西洋食器が百種あまり並び、和魂洋才を謳った設え、趣味の部分が六、七割、商売としては成り立っていない。それでも、客をもてなすことの楽しさは捨て難く、サービスはいささか過剰気味である。

ここ海津は、岐阜県の平野部、東濃、中濃、西濃の内、西濃と呼ばれる濃尾平野の南西部である。濃尾平野は、岐阜県から愛知県、三重県にわたる広大な平地で、その広がりの上に、飛騨の山岳地帯を抜け、長野から流れ下る木曽川、長良川と、福井、滋賀の県境に源を持つ揖斐川の、木曽三川と呼ばれる三本の大河が伊勢湾に流れ込む肥沃の土地である。

海津は三つの川の中流部から下流部を有する地形の上にあって、西は養老山系、伊吹山系に囲まれ、東へ向かい長良川、木曽川を跨げば愛知県、名古屋駅までは二五キロメートルほどの距離しかない。西へは、揖斐川を越えて関ヶ原を過ぎれば、すぐ滋賀県に入る。南は木曽三川の最下流部、三重県桑名市になり、県境から六、七キロ先、国道1号線の伊勢大橋をくぐれば、まもなく伊勢湾が広がる。

しかし、木曽三川の下流部は低地にして、故郷海津は海抜ゼロメートル。「輪中」と呼ばれる水害への防備を施した危険地帯でもある。またそれ故に、豊かな田園が開け、高く広い堤防道路に囲まれた、川面より低い町や集落の風景は、独特なものがある。

今はもうほとんど面影もないが、私たちが住まいする高須町は、明治維新になるまで徳川御三家尾張藩の支藩で、禄高三万石高須松平藩の城下町だった。高須藩は、尾張宗家に跡継ぎがなくなったときは、藩主を継ぐ役割で立藩された尾張徳川家の御連枝である。小藩とはいえ、御三家に次ぐ家柄は大大名と同じく、江戸城では大きな力を持っていた。

高須藩より輩出した、あるいは関連した尾張藩主は、八代藩主宗勝（むねかつ）、九代藩主その子宗睦（むねちか）、十四代藩主慶恕（よしくみ）、十五代藩主その弟茂徳（もちなが）、十六代藩主慶恕三男義宣（よしのり）、十七代藩主慶恕再承慶勝（よしかつ）など、尾張藩十七代のうち五人に及ぶ。また、幕末から明治に至る激動の中、高須、尾張、会津、桑名のそれぞれの藩主として時代を乗り越えた高須四兄弟の物語は、忘れられない歴史の数ページである。

そうして私が生まれた昭和十七年、高須町は多種の商店が町筋に軒をなす中心街で、銭湯が三軒あり、菓子処が五軒あり、江戸の面影は武家屋敷くらいしかなかったが、城下町らしい何もかも整った賑やかな街だった。

時は容赦なく進み、人の世は急速に変わり、鍛冶屋も桶屋も籠屋も、呉服屋も下駄屋も消えていった。そればかりか、生活素材の食べ物を扱う八百屋も魚屋も肉屋もうどん屋も豆腐屋も酒、味噌溜まり屋もなくなった。大型店が出現して、小売りの商店が客に選ばれなくなったのだ。

変わったのは私の住む町ばかりではない。日本中の小さな村や町の単位で営まれてきた日常が、大きな単位に成長して利便さを拡張し、日本経済を押し上げて生活を一変させたのだ。これで国民の生活は豊かになった、はずである。

この小さな町は、かつての賑わいを失い、過疎におののき、日によっては道に猫の子一匹見当たらない寂しい町に変貌した。物質の豊かさが本当に人の世の主流であるのか、この歳になって今更ながらの感慨がよぎるのである。

街はさびれても田園の趣はあまり変わらず、いい所が全部消えたわけではない。海津の土地、風景、気候、まだまだ捨てたものではない故郷に、私たちはからくも、珈琲を点てて糊口を凌ぐ毎日である。

さて、名古屋を中心とする中京圏の喫茶店は、ご存じのようにモーニングサービスの本場である。もはや喫茶店には欠かせないメニューである。蓬邑亭は珈琲専科であることを理由にモーニングをやらない。その代わりと言ってはなんだが、珈琲を出す前に前菜風の季節の料理をサービスとして提供する。年間を通して山菜から始まり、季節の野菜など十数種類を調理する。ただし、ランチメニューはなんにもなくて、料理といっても、ただサービス品のみである。

これは私のサービス精神が旺盛だから始めたことではなくて、料理をしていると、なんとなく心満たされている私の日常が、勝手に選んだやり方である。私が「おいしい」と思う味をお客さんに知ってもらい、実は料理が本来だということを納得してもらおうという、いささか気が引ける魂胆があったのかもしれない。

ということで、田畑の広がる故郷の事や季節の移ろいの所感に加えて、料理と食べ物のことも挟《はさ》みながら、話を進めていきたいと思う。けれど私は田舎生まれで、高級料理を云々するほどのグルメではない。自分が調理するものと、我が周辺の素朴にして安価な料理と食材をもって全てとするものであるから、予めご了承を。
さらにこのたびは、これもまた勝手気ままに我流を押し通した俳句を添えて、恐る恐る皆様の前に供する次第である。

雪嶺や濃尾平野の朝晴るる
春の闇高須輪中は海の底
珈琲の琥珀に沈み薔薇の咲く
道の名も御城下にして春浅し
うららかや女客のみ出すカップ

麦あをし飛行機雲の真っすぐに

青田波尾張近江も橋越えて

満月の軒の下から昇天す

思はずも中天仰ぐ月明り

古草の下に受け継ぐいのち萌ゆ

鉢植ゑの藤咲かざりし葉の繁り

堤防の茅花《つばな》光りて季移る

# 御食津神《みけつがみ》

店があるからということでなく、自分が日頃食べる食事として「おいしいもの」にこだわる私は、店とつながった調理場の片隅で、長い間付き合いのある食味の神様と時々話すことがある。肩の力が抜けた、洒脱なもの言いの神様である。

「おいしいの頂点は一つしかないよ。それはそうさなぁ、北極星のように高ぁいところにあって、到達するのはまあ、無理だな。しかしだ、そこへどこまで近づけるかなんだよねぇ」

人の味覚はまちまちで、同じものを食べても同じ感想は起こらない。「おいしいってどんなこと？」そう訊いた時の食味の神様、御食津神《みけつがみ》の答えである。

「それぞれに違っていても、おいしいと思えばそれでいいじゃないか、という人もいるけどさ、文化のない話だよねぇ、それでは。おいしさを極めることは、人の生き方に文化を取り込むことなんだよねぇ」

考えてみると、人類が出現した頃の食べ物は人であっても餌だった。体を維持し、命を守ることが食べ物の原点だった。味覚は体に良くないものを選別するセンサーだった。それが今や、人類は限りなくいろんなものを食べる。

「脂肪が多すぎるとか、蛋白質が必要とか、繊維質で消化にいいとか、栄養学を基準にして食味を語るのはどうかなぁ、人類はもうそんなところにはいないよ。食べるということは、永い進化の中で人が開化してきた文化そのものだよ。人の食事はもっと感覚的で粋でなくっちゃ。人はもっと人となるために、限りなく旨いものを求めるものさ」

なるほど、あらゆる文化は食につながり、食は文化につながる。実際、五感六感を動員して料理を作り、そして味わう。栄養学や味覚だけでは到達できない食味の深さである。

しばらく食味の神様に会っていないけれど、食味の頂点は、やはり到底手の届かない距離にある。齢も取ってきたし、人としての完成度もおぼつかないけれど、おいしいものを求めて、時々食味の神様と話をしたいと思うのだ。

言うまでもないが、御食津神の言や、ゆめゆめ疑うことなかれ。

相向きて夫随婦随のとろろ汁

遥々と田舎暮らしや芋煮える

隣家は留守多くして酔芙蓉

秋立つ日また齢一つ増えにけり

月待てば尾張名古屋の街灯り

枝豆の箸置き載せて黒き盆

# 冬ごもり

三冬というのは、陰暦の十月・十一月・十二月の三カ月をいう。新暦ではおよそ十一月・十二月・一月あたり。九冬ともいって、冬三カ月の九十日間のことである。四季は三カ月ごとに分けられ春・夏・秋、そして冬とするが、実感としての四季は、そううまくは分けられない。特に炎天の夏と極寒の冬は、時に長くいつまでも続き、耐え難い思いをする。

今年もそんな冬が来て、風や雪やの耐久生活を余儀なく押しつけられると、大きなストレスが生まれる。ふだん人の少ない田舎にいると、静かなのはいいことだと疑わないのだが、時々賑やかな街へ出て、雑踏の中を歩くと、寒い冬なのにかえって人肌の温かさを感じる。人はやはり群れていることが本来なのだろうか。田舎の良さ、街中の良さは、住み分けてこそ感じられる「それぞれの良さ」なのだろう。

話は愚痴に変わるが、つれづれに俳句を掲載しようとした故に、浅学菲才の祟りがきて十七文字の迷宮《ラビリンス》に陥った。話はまだこれからなのに、遅々として進まず。

大体私のような俳句の初心者は、俳句を作るのに「歳時記」だけが頼りである。歳時記にある季語を確認し、五七五の定型を守れば俳句であると思っている。

ところが時々、新聞紙上の俳壇の欄を見たり、俳句の月刊誌を本屋で立ち読みしたりすると……そこに出ている現代俳句は、何度読み返しても私には理解できないものが多々ある。選者の解説によって「そういうことか」と頷くことになるのだが、まるで推理パズルのような、謎解きゲームのような、一筋縄では解けない代物である。

選者であり主宰であったりする人は、シャーロック・ホームズか杉下右京か、私には気づけないわずかなほころびを、苦もなく指摘して見事に解き明かす。句に使われている比喩は直喩であれ暗喩であれ、その世界に深く造詣がないとイメージが追いつかない難物で、俳句というは芭蕉の俳諧の頃から時を経て、現代かくも進化し複雑になったのかと、首をすくめるしかないのだ。

素人の私の実感では、現代俳句は短詩形の現代詩に近く、ただ五七五の定型である故に俳句であるよなぁ、というぐらいの理解しかできない体たらくで、ついに頓挫せざるを得ないのである。

また実在的感覚ではなくて、脳裏に浮かぶバーチャル的感覚で映像を創造し、言葉を選択し、十七文字につなぎ合わせても俳句は俳句である。季語と十七文字の定型がほぼ守られていればそれでいいのだ。このへんは私も同様だが、これがまた接続する言葉の関係が遠ければ遠いほど、シュールで斬新な一句となる。そうすると何か納得いかない風がそよと吹く。だいいち動機が不純だ。やっぱり、現代詩と俳句の間は紙一重の身近なものになっているとしか思えない。

黄色い菫が咲く頃の昔、超現実の海豚がどこからか忍び寄って、切り立った俳人の耳に囁いたのではあるまいか。もしかしたら、五七調、七五調の定型も遠ざけようとしたのではあるまいか。

しかしこれでは、日本で発生した俳句の存在感が希薄なものになってしまうような気がするのだ。移り行く四季の情緒や、生きている寂しさや老成した悟りの心境や、簡素なことと静かなこと、洒落とか諧謔とかの趣向。加えて、匂いや空間の温度や湿度など、日本という風土から発生した日本ならではの趣《おもむき》、言葉が持っている日本語ならではのリズム、それがもっと欲しいような、そんな気がするのだ。といっても、自分の句がそうであるとはまかり間違っても言えない実情であるから、口に出すのは冷や汗ものではある。

時が経つことはたくさんの蓄積の上に変化を生む。俳句という言葉が一般に広く知られているのに、実際の俳句の世界はかくも特定された場所になったのかと思うばかりだ。しかし、時代が進み諸外国の文化が流入し、透明な水に多少の色が交じり合ったとしても、流れは日本のものである。この誇るべき言語表現は大切にしたい。やがて歳時記も十七文字の基本もおろそかになって、俳句は有名無実の看板だけになるような危うい気分になるのだ。

とはいうものの、差し迫った今はそんな世迷い言を言っていられない。俳句を添えると口幅ったいことを言った手前、今更やめられない。だが、唯一頼みとする歳時記でさえ、旧暦の暦を基礎に置くため実際の季節とは隔たりがあり、規定する季語の範疇に目が虚ろになる。季語が持っている細々とした情緒を感じるだけに、歳時記の功罪はこれも我が迷宮の酒蔵である。

さらに言うなれば、私には客観写生、花鳥諷詠を旨とした子規、虚子以来の俳句も、主観、主題性を強く押し出した新興俳句も、派を分かつような違いが理解できない。大体、主観と客観の区別が判然としないのだ。いくら客観的に写生しても、写生をする意志の底で主観が働いているのではないだろうか。今まで俳句の世界に踏み入ったことがない私には、それらは一人の作者の俳句創作の中で生まれた、単なる表現の違いにしか思えない。その時の思いつきで、自然の摂理に接して感情を表出させず情景を写生することもあれば、想像する能力を持つ人間として、見るものを主観的に捉えた句を作ることもある。

けれど、もし日常の暇に任せたゲーム感覚で句を作れば、言葉の対比や組み合わせを主にする句になり、まさに言葉遊び。そしてそれが俳句の優劣を決めれば、日本古来の流れの中で俳句を作ろうとした思いが頓挫する気がして、私はここでもまた迷宮のぬかるみに足を取られるのである。

できない相談だが、まだ俳諧と言っていた頃の芭蕉や蕪村に、現代俳句の選評をやらせてみたい。私のように、学ばずして十七文字を当てはめただけの、平凡で月並みな我流俳句では、どうとも見定め難く迷うばかりで、自己評価はできない。同時に他人の作った俳句も、評価した選者の知識と感受性にもついていけない。そうなれば、いよいよ頭脳は困惑して、あまりに不完全な作品を現世に出す恐ろしさに、また首がすくむのである。

そう。このように、人は困ると言いがかりのような言い訳のような、妙な理屈を言うのである。しかし始まったものはもう仕方がない。手探り足探りで俳句らしきものを掘り出すより手がない。そうすれば玉石混交、中には玉が一つくらい、と安易なことも考えるが、石ばかりの可能性は十分ある。この先どう進んでいくのか、我ながらおおいに心配である。

しかしながら、ここで言いたかった私の真意は、作句に対する愚痴の中にあるのではなくて、はや四季の果て、終わりが予測できないような過酷な冬になれば、「いつまでもおいしいものが手に入らない」ということだったのである。また、春の豊潤な野菜や魚介が待ち遠しいし、正月が過ぎれば、ちっとも暖かくならない三寒四温のじれったさを耐えて、黙々と春を待つしかないというようなことを、実は訴えたかったのだが。

冬の田や風に吹き立つ群雀

雪ばんば馬籠宿場は板の屋根

この年は冬至をもって店仕舞ひ

老残の二字は使はず冬紅葉

口紅の色にて山茶花ほころびぬ

残り花に群れて忙しき冬めじろ

手に受けしはつかな夢ぞ六花《むつのはな》

風花のもの思はせて胸に積む

あざやかや人も渡すか冬の虹

冬温し染まらぬままに零落《れいらく》す

湯気立つやコバルト深く輝けり

石蕗《つわ》咲けば薄暗がりのほんのりと

雪降るや雪解ける道積もる道

# つくづくし

気温が温暖な平野人種の私たちであるから、なおさら冬の寒さは身に堪える。待ちかねた奈良のお水取りの頃が来ると、やっと冬将軍の姿が遠くなり、一挙に春がやって来る。季節は人の心をもてあそんで、途端に野原が気になり始めるのだ。季節任せの心模様に、我ながらあきれるが、毎年のことだ。

故郷海津を縦断する揖斐川や長良川。あるいは海津町の集落を廻る、内水の大江川や中江川の堤防で、枯れたすすきの下からもう土筆が出ているような、子供の頃と変わらない、心騒ぐ思いに駆り立てられる。実際、土筆は寒い日の続く年でも、時が来れば、まさかまだ姿を現していまいという予想を裏切って出ているのだ。

私が育った頃は男が土筆摘みをすることがはばかられた。幼い時はともかく、中学生にもなったら、土筆摘みに行くのは女の子のすることだった。まだ戦争が終わって間もない時代、男らしさの定義は戦前戦中とあんまり変わっていなかった。それでも私は土筆を摘んだ。野に紛《まぎ》れ、野からおいしい食材を得られることが何よりも心満たされる遊びだった。
この歳になっても子供の頃と変わることなく、ひとりでに心浮き立つのは少し恥ずかしいが、この齢だからいいことにして、自分の幼さを容認する。平野にやっと春が動き始めたのだ。

摘みゆけば大地は近し土筆かな

子を負いて土筆摘んだと娘来る

みをつくし春野の海や親子船

末黒野《すぐろの》に先立つものを摘みゆけり

土筆の事は後の話にして、世に山菜というものがあることを知ってから、山菜に魅せられてそのまま今に至る。妻が山里に赴任して山菜に遭遇したのが事の起こりだ。

この無肥料にして無農薬の山菜の魅力は、薬膳や健康食品であることだけをとやかく言うのではない。あの食味の神様が言ったように、滋味を味わい季節を感じ、食を通して心を豊かにするものであり、人の目指すべき文化性を極める最高の食べ物である。ところが、いつも表現に苦労するのだが、山ではなく野に自生する土筆や蓬やクコ、萱草《かんぞう》の芽などは山菜といっていいのか、なんと呼ぶのか困る。「野で採れるから野菜である」とは言い難い。人の手によって育てられたものが野菜であって、自生しているものを「これも野菜である」と言うのはちょっと乱暴である。

推し量るに、これらは野草であって、もともと野菜になるべき要素があったけれど、育成するには躊躇するところが多かったので、今もって中途半端なのではないだろうか。とにかく、山菜と同じであることは間違いない。まあ、どうでもいいと言えばどうでもいいことである。

しかし冬ごもりの期間を越え、やっと活動できる一年の始まりが来ることは、誰もが喜ばしいことである。特に山菜に魅せられ、店のサービス品としてこれをメインにする私たちには、山菜の話は放っておけない事項である。いかにいいもので、いかにおいしいか、語らずにいられないのだ。そして、子供の頃から親しんできた土筆こそ、その中の筆頭であると思うのだ。

土筆は春一番の愛嬌もの、そして最もおいしい野からの賜りものである。穂先の固いものだけ摘んできて袴《はかま》を除き、よく洗って一分ほど茹でる。そうすると土筆は穂を緑色に、茎を薄紅色に染めてほのぼのと茹で上がる。素早く流水にさらし、たっぷりの水を張って一時間ほど置く。一度か二度、水を換えるのがいい。

素朴なことにおいて、土筆を食べることは最上の食の文化である。そっと水気をしぼり、一つまみ小鉢に盛り付け、さらりと醤油をかけて、上に削りガツオをのせる。ただそれだけ。これが土筆のおいしさがわかる最も素朴な料理である。穂先のわずかな苦みを伴う旨味と、赤みをおびた茎のやさしい味は、まさに「春を食べる」そのものである。

ただ土筆は、卵とじが誰もが知る家庭料理の定番で、これも悪くはないが、一般家庭ではそれしかないように思われているのは残念である。焼いても汁の実にしても良く、その他に私の家では炊き込みご飯が欠かせない。味といい香りといい、最も季節を感じさせるごちそうである。

土筆は見かけのひ弱さとは違って、茹でたものをそのまま食べてみると、他の山菜野菜に負けない確固とした風味を持っている。

土筆摘む人二人ほど風走る

野に遊び野から戻りて土筆飯

暮遅し入日急かせて白き月

春はまづ土筆食べれば春に染む

# 春暖

春はゆっくりとやってきて、なかなか進まないもどかしい季節だ。だが、いつの間にか人家の庭に白木蓮が咲き、山に山茱萸《さんしゅゆ》が咲き、軒下の窓の辺りに連翹《れんぎょう》が咲き、ついには、野に山に街に待ちかねた桜が咲き、人を喜ばす。しかし、どの花も花期を全うしてやがて消えていく。同じように、たくさんの山菜野草が次々に現れては消える。故に、また春は切なく、せわしない季節でもある。

野のあちらこちらに土筆が顔を出し、次には藪萱草の芽が群生し、それから山には蕗《ふき》の薹《とう》、蕨《わらび》、山蕗《やまぶき》、こごみ、ぜんまい、虎杖《いたどり》などが次から次に顔を出す。わさびや独活《うど》、おおばぎぼしも、出てきてわずかな間に夢のように消えていく。移り行く時間を、観念ではなく現実として目の当たりにすることは、全てに限りがあることを証明する切ない事実である。

こうした、ほぼ瞬間的な山菜との出会いが、山菜の季節感を助長し、心に何事かを刻ませる。五味の感覚とは別の、懐かしくもまた儚《はかな》い思いがそのまま「味」となる。

蕗《ふき》の薹《たう》ざらりと雪の消え残る

山深し薇《ぜんまい》ひいやりと棲みにけり

葉山葵《はわさび》の辛みのほどを自慢せり

独活の芽が犇《ひし》めく土を壊しけり

蕗摘みて苔生《こけお》ふ水に手を洗ひ

芥子菜《からしな》を浅漬にしてラップして

三葉芹風伴ひて谷流る

山菜に明け暮れ深む春三月《みつき》

袴取り指染めたまま土筆飯

## 萱草《かんぞう》

萱草という野草はわすれ草とも言い、野萱草、藪萱草、浜萱草などの種類がある。そのどれもが春の芽出しの頃、人という字を逆さまにいくつも重ねた葉の形状で出現する。この辺りでは堤防や河川敷に、やや白っぽい緑の幼葉を芽吹かせて、藪萱草が群生する。その柔らかな藪萱草の芽は大変美味である。

その頃、海辺では石蓴《あおさ》が採れ始め、その石蓴を使って磯の香りも高い刺身こんにゃくが出始める。さっと湯がいた萱草の芽に刺身こんにゃくを添え、酢味噌をかけて客に提供する。早春を感じさせる野と海の食味である。

「今昔物語」本朝世俗部、本朝附雑事に「兄弟二人、萱草紫苑を植えし語」として萱草の話が出てくる。

今は昔のこと、あるところに二人の兄弟がいた。ところがその父が亡くなり、二人の子供は深く悲しんだ。「恋ひ悲しぶこと、年をふれども忘るる事無かりけり」兄は墓の前で、生きている時の親と同じように憂いや嘆きを訴えていた。しかしこれでは公務にも差しさわりがあり、思うに「萱草《わすれぐさ》という草こそ、それを見る人思ひをば忘るなれ、されば、かの萱草を墓の邊に植ゑて見むと思ひて植ゑてけり」

弟は兄が一緒に墓まいりに行かなくなった事情を聞き「我はさらに親を恋ふる心忘れじと思ひて、紫苑《しおん》と云ふ草こそ」と墓の前に紫苑を植えたので、いよいよ親を忘れることはなかった、という兄弟それぞれの孝行話である。紫苑は「思恩」の意味があり、それを植えて親の恩を忘れまいとすることも、萱草を植えて悲しみを忘れようとすることも、親を思う心あればの行為であると。

話を元に戻そう。二、三度土筆を摘みに行くと、ようやく芽を吹いた萱草のロゼットに遭遇する。ユリ科の萱草は根茎や芋のような球根で繁殖するので、かたまってロゼット状に出てくるのだ。それでも、土筆が出ている頃は、まだ萱草の芽はたくさんは採れない。しかし、その頃から春は徐々に進み始め、野はだんだん賑やかになり、土筆が目当ての堤防の小段にも、あちらこちらに蕗の薹《とう》が顔を出す。天婦羅のいい材料である。また、やがて堤防道路を黄色に彩る西洋芥子菜も、つぼみをたくさんつけて伸びてくる。塩漬けにすればピリリと辛い洒落た漬物になる。

さて、萱草の芽をどうするかだが、葉というよりも根に近い白い芽の部分が必要なので、土の中に根切りや木ばさみを差し込んで一本一本切り取る。小さな獲物をそれなりに採集するのは、なかなかはかの行かない作業である。摘んできてからも、切り取ったところには土がついているので、これをまた切り取ってさらによく洗う。野のものは大体手間がかかるのが当たり前である。しかし、これを食べるという楽しみが、作業のわずらわしさを和らげてくれる。中でも、萱草の芽は、お手間いりの中のお手間いりである。

話はまたそれるが、萱草は俳句歳時記では夏の季語となっている。本来は「萱草の花」が季語で、萱草は梅雨時から初夏の頃、草丈の長くなった堤防や河川敷に、橙色の百合に似た花を咲かせる。先ほどの「今昔物語」では、その花が憂さを忘れるくらい美しいというので萱草《わすれぐさ》というのである。

この花は私も好きな花で、一日一花、一本の茎から次々と咲き変わり、じりじり暑い太陽の下で果敢に咲く。でも、ここでは春一番の萱草の芽の話が本筋である。萱草の芽、是非とも季語に取り入れてほしい。であるから、萱草といっても夏の季語ではない。

さて、洗って整えられた萱草の芽は、一分ほど湯がいてすぐ水に取る。冷えたら、なるだけ形を崩さないように水気をしぼる。湯がいた萱草の芽は、これを酢味噌で和えると、野菜である分葱《わけぎ》より旨い。先ほどの刺身こんにゃくもいいが、バカ貝をむき身にした「青柳《あおやぎ》」と和えると絶品である。

生で残した萱草の芽は、味噌汁の実にしても吸い物の青物に使ってもよし、ホイルに赤味噌を塗りつけ、そこへ生の萱草の芽をのせて包み焼きにしても旨い。

野に採れるもの、それらの料理はどれもが素朴にして野趣《やしゅ》に富み、雅《みやび》な自然の恵みである。

萱草《かんぞう》の人を逆さに春野かな

萱草のいくらかは葉先喰はれけり

野に立てば我も自然児春の風

芽萱草花の香の潜みたる

忘るるや吹く風尽きてワスレグサ

スカンポの花実に秘すや虹の色

タンポポは花と遊びし初めなり

# シンプルイズベスト

本格的な山菜の季節を感じるのは、なんといっても蕨《わらび》が手に入る頃である。蕨の出盛りには、独活《うど》、虎杖《いたどり》、たら、こごみ、蓬なども次から次へとお目見えする。私たち夫婦は、もう心がいつも山へと向いている。山菜は魅力に富んだ食材で、なんでこんなに惹かれるのか、いろいろ理由はつけても、人と山菜との関係において、いまいち説明の難しい存在である。

山菜は店で使うサービス品の最たるものだが、山菜料理はなるべくシンプルなものがいい。わずかな苦み、えぐみを生かして濃厚な味にしない。土筆や蕨、こごみや独活の穂先などは、形を生かすことも大事である。見た目も味に関わる大切な感覚である。

料理は五感六感をもって作り、味わうものだと、これまた食味の神様から教えてもらった。調理そのものも文化である。だから山菜のような可憐なものは特に、シンプルイズベストでないと文化性が薄まる。

もう一つ、山菜といえば天婦羅というのが一般的なイメージのようだ。確かに山菜の天婦羅は旨い。山菜の持っている苦みやえぐみが油によって緩和され、相性がいいみたいだ。しかし、店のサービス品としては手間がかかりすぎるので、主に自家用。店での使用は山菜弁当を企画した特別の時だけに限る。

見返れば地上は晴れし蕨狩《わらびが》り

一握り摘みて帰りし初蕨

白和へに巣籠っている青蕨

天婦羅の蓬居住い正しけり

菜の花に土筆あしらひ春の鉢

水皿に浮かべて今朝の落椿

摘み取りしこごみの株に谷の音

## 虎杖《いたどり》

河川敷でも、堤防の縁でも、比較的日の当たる山の中でも、言ってみればどこにでも生えるのが虎杖である。いたどりを「虎杖」と漢字で書くのはどうしてだか知らないのだが、トラの杖かと思えばそのようにも思える。虎杖は竹に似て節を持っている。でも、竹とは違って葉はもっと丸いし、茎は柔らかだし、だいいち、葉にも茎にも赤い斑点があって竹のように大きくはならない。ただし、筍が食用になるのと同じく、虎杖もおいしい山菜として、その若い茎が食べられる。ただ、虎杖がもう食べられない大きさになり、丈も人の背を超えて、やがて枯れて硬く立ち残ると、ちょっと竹に似てくるかなとは思う。

山菜はどれも灰汁《あく》があり、食材にする前にいろいろな工夫が必要である。その工夫をして、食材にしてきた人たちを、高く評価したい。食における文化の先達である。おいしいものを食べることは、生きている喜びである。

虎杖は生でかじるとすっぱくて、多くは食べられない。けれど、歯切れよく独特の香りがして、どこかに甘い糖分が隠されているような爽やかさが感じられて、気になる味である。

まだ地から出てきて間もない、葉も大きくなっていない虎杖の茎を、根元から折り採ってくる。緑の中に赤い斑点の模様がある皮を、包丁ではがすように剝《む》く。そうすると虎杖は、派手なその着物を脱がされて緑色の裸になる。みずみずしくてそのまま食べられるような気がするが、すっぱい酸を処理しないで煮炊きすると、虎杖は自分の酸で溶けてしまうのだ。それから食べやすい大きさに切るため、いくつかの節を抜く。そうしないと、節が邪魔をして酸を抜ききれないところができてしまうからだ。

三センチほどにカットした後、沸騰したお湯に入れ、緑色が少し白っぽくなるまで茹でる。といっても、ほんの数十秒の間だ。急いで水にとって冷ます。水を換えながら、あるいは流水にさらしながら一昼夜、酸が抜けた虎杖はやっと食材になるのだ。

ある日、揖斐川町から滋賀へ抜ける303号線の金居原で、地元で起ち上げたらしい「山の駅」という山菜売り場に寄った。そこで見つけた「いたどりの漬物」を食べた時、私の作った虎杖の煮物とほぼ同じ味なのに、微妙な味の深さと歯切れの良さに脱帽した。虎杖の持っている甘い風味を残したまま、酸だけを抜くような灰汁の抜き方があるに違いない。餅は餅屋である。なんとか覚えて帰りたいが、蓬邑亭の定休日と合わず、土日祝日しか開いていなくて、未だそのままで気になったままだ。ただし、煮物を「いたどりの漬物」と謳ったところにヒントが隠れているように思っている。

料理については、終わりに削り節をまぶすこと、最初に山椒の葉を何枚か入れるともっとおいしくなることは付け加えたい。また時季的に筍と重なるが構わない。どちらも季節ならではのごちそうである。

魚串が丁度虎杖《いたどり》の節を抜く

虎杖を水に晒せば日の終り

虎杖に蟻寄せる甘き誘ひあり

今年また虎杖同じ地に紅し

折られたるままで伸びたる蕨かな

川光る堤防道路は花菜風

蕗味噌を食べ 尽くしてぞ瘦せにけり

# 塩もの

蓬邑亭は珈琲専科であるが、純粋に珈琲だけで勝負するのは至難の業であって、軽食としてトーストと、他にも甘いものを用意している。けれど、ケーキもクッキーも作らない。私たち夫婦の舌は田舎育ち故に、クリームや香料に馴染まない。味がわからなくてはケーキを作れない。子供の頃から食べなれた甘いもの。それが「小豆もの」である。すなわち春秋のおはぎ、冬のぜんざい、夏の白玉ぜんざいである。その小さなお膳の上に「塩もの」として箸休めの佃煮をつけるのだが、豆皿にほんの一箸ずつ三品のせる。

伽羅蕗《きゃらぶき》、しし唐、山椒の葉、青紫蘇の実、蕗の薹。この五種類の中の三品が、それである。どれもたくさん作るのだが、いつの間にかなくなって、そのたびに取り合わせは変わる。しかし、味つけはどれも醤油、味醂、酒で変わらない。長時間鍋と格闘することも変わらない。

同じ味なら、どれも同じやり方で出来上がるように思えるだろうが、素材の違いはそうはいかない。それぞれに方法があって手間が違う。特に手間がかかるのは、山の蕗を煮しめた伽羅蕗で、最初に苦みを抜き、次に水気を抜き、終わりに風干しをする。伽羅というのは香木のことで、蕗が赤みがかった光沢のある黒色になるのを、伽羅に喩《たと》えた素敵な名前である。鍋に向かう時はいつもそのように艶やかに、歯ごたえ良く仕上がるのを期待するのだ。

軒古し伽羅蕗《きゃらぶき》風に干すところ

百名山読みつつ独り木の芽煮る

紫蘇の実が佃煮を作る最後なり

梅漬けし瓶《かめ》床下でものの影

行く春の風の温《あつ》さや草の丈

先づはそれ生味噌塗りし蕗の薹

しし唐を炒れば麗し胡麻油

# 初夏《はつなつ》

春、山菜の季節がぐるりと回り、店のサービス品は、菜の花の甘味噌和えから始まって、土筆、萱草、蕨、こごみなどの和え物。虎杖、筍、はちくなどの煮物を経て、とうとう野からの食材は消え失せ、茄子、胡瓜、隠元豆を茹でた夏野菜の酢味噌和えに代わる。これらは地元の農協マーケットで手に入るので、各所の道の駅へ通うこともなくなる。定休日ごとに道の駅へ通うエネルギーは要らなくなって、反対に元気がなくなってくるのだ。

野菜が主になれば、山菜のように品薄になることはあまりない。やはり時間的に余裕が出てくるはず。だが、山菜の季節が無情に去っていくことは、私にとっては大きな落胆の元になっている。そしてまた、湿気の多い梅雨を経て、夏はだんだん熱気をはらみ、記録的な暑さも近年は珍しくない。火照った体を持て余しても、外へ出ようという気力はどんどんなくなっていく。

かぜとなりたや　　はつなつのかぜとなりたや
かのひとのまえにはだかり　　かのひとのうしろよりふく
はつなつのはつなつの　　かぜとなりたや

川上澄生　「初夏の風」より

この季節、こういう素敵な詩もあった。せめて春の名残が漂う、梅雨に入る前の、初夏《はつなつ》のあの版画の薄緑《うすみどり》を、みずみずしい夏野菜の料理で表現したいと思うのだ。

初夏の淡き緑の恋の詩

野は閑たり青田に遊ぶ風ばかり

青鷺の往くや太古の風吹けり

人の世に空木《うつぎ》ひとひら散らしけり

梅雨空を鳩鷺雀ら急ぎけり

空蝉の爪の先まで脱ぎてあり

厨房の湿度煮え立ち氷菓買ふ

陰《かげ》はなほ色を濃くして青田かな

棘秘めて甘き匂ひの花いばら

藍染の夏暖簾分け客迎ふ

濃き緑纏ひ素肌の柏餅

ガラス鉢冷えて酢味噌の夏野菜

# 百花繚乱

人間にとって梅雨はうっとうしい季節だが、植物にとっては繁栄のピークとなる大切な期間である。この時期、平野を飾る花々は豪華で、種類も豊富だ。

平地には、花菖蒲《はなしょうぶ》、杜若《かきつばた》、紫陽花《あじさい》、立葵《たちあおい》。上空には凌霄《のうぜん》カズラ、朴《ほう》、泰山木《たいざんぼく》、柘榴《ざくろ》、槿《むくげ》、合歓《ねむ》、夾竹桃《きょうちくとう》、山法師《やまぼうし》、梔子《くちなし》など。梅雨の頃はまさに百花繚乱、次から次に咲き変わる花は、万華鏡を覗くが如しである。

余呉川の合歓のさかりを見にゆかむ
雨まぢか紅きまつ毛の合歓の花
夢となり幻となり合歓けぶる

毎年に妻名を問へる凌霄花《のうぜんか》

黒塀の破れに覗く立葵

世に在りし人ふつと消へ山法師

しかし、私の興味はさらに道端や堤防の草花にも及び、時にはそこにしゃがみ込み、次にはそこへ踏み迷う。ふだん知らずに通り過ぎていく草むらには、色なす小さな造形がある。あざみ、紫ツメ草、ウツボグサ、これらは紫に、小待宵草、こうぞり菜は黄色に輝く。所々に藪萱草が濃い橙に立ち上がり、ツメ草、ニワゼキショウ、姫女苑《ひめじょおん》の可愛い白花が群落を造る。至るところにカラスノエンドウ、ヘラオオバコ、スカンポ、カワラマツバの面白い形や色が散らかる。見飽きることがないカラフルで愛おしい生命の世界だ。

蓬邑亭の駐車場の奥にあるわずかな庭にも、梅雨時の草花が咲く。けれど、ここでは庭である故に、それぞれの草に名はついていても雑草に過ぎない。ドクダミ、スギナ、ニワゼキショウ、姫女苑、姫小判草、ニワボコリ。雑草の名をかぶせても、野に咲く愛らしい花に変わりはないが、ここで私に課せられた仕事は、非情な草むしりである。

幼《ち》さき手に握り振らるる姫小判《ひめこばん》
花菖蒲鋭き剣《つるぎ》の中に垂れ
アヤメ科であればむしらずニワゼキショウ
もぢずりの炎と絡み恋ごころ

病葉や照る陽浴びたる過去の夢

朝顔の咲く時花の巻き戻る

紫陽花の抜道ゆけば肩に触る

# 遠花火

夏本番の七月から八月の初めにかけて、長良川や揖斐川沿いの河川敷では、いくつもの花火大会が開催されて夏の夜空を染め上げる。一瞬の華やぎと川風の涼を求めて、県外からも多くの客が詰めかける。花火は、夏の間あちらこちらで打ち上げられ、夏の風物詩の最たるものである。

花火は江戸の昔から日本人の心に棲みついた、夏の夜を飾る大輪の花である。一発の花火に人々は歓喜の声を上げ、鼓膜を圧迫する爆発音に理性を略奪される。頭上に開く非常の一瞬がいくつも重なり、全ての常識は四散する。

子供たちの小さい頃は、岐阜市の長良川で開かれる花火大会に何年も続けて行ったが、今は道中のなんやかやを思うだけで即断念する。あの忘我の光景を思い浮かべれば、見たいことは見たい、のではあるが……不甲斐ないことに、そこが決断できないのである。全く、齢は取りたくないものである。

我が町でも盆の一夜、花火が上がる。盆踊りが終わってからほんの十五分、あっという間の花火である。しかし、これでいいのだ、いやいやこれがいいのだ。どーんと最初の一発が上がると、無論、踊りにも行かない私たちは二階のベランダへ急いで上る。これくらいはなんやかやを思わなくても移動できる。

最近は花火の打ち上げをコンピューターで制御して、短い間ながら見ごたえのある演出になった。最後は、お決まりの三尺玉の枝垂《しだ》れで感動のフィナーレとなる。なんといおうか短時間で分をわきまえた、つまり年寄り向きなのだ。

瞬間をつなぎ合はせて花火打つ

闇となり音に終りし揚花火

川ひとつふたつ処に遠花火

暫くは目をつぶっても花火咲く
弾《はじ》けんと線香花火の煮えたぎる
轟音にへそを盗られて花火割れ

# 蛍川

大垣市の北西部に、青墓という土地がある。ここは奈良時代に、仏教による国家鎮護の目的で建立した、美濃国国分寺のあった場所である。現在は国分寺跡があるくらいで、全くの山裾の集落でしかないが、当時は美濃国の中心地として、歓楽街を伴う大きな宿場町であったようだ。

もう二十五年以上前になるが、私の娘はこの青墓に嫁いだ。青墓という名前は少し気になるが、大垣市の喧騒を離れ、眼下に新幹線が走るのを見られる標高の高い自然環境は悪くはない。ここに私たちの孫が三人できて、それ故に私たちは文句のない「じいちゃんばあちゃん」になった。

かつての青墓宿では、平安時代末期から鎌倉時代にかけて、傀儡子《くぐつ》や遊女によって歌われた「今様《いまよう》」という現在の流行歌のようなものが流行っていた。後白河院は親王の頃から今様に心動かされて、青墓宿にいた遊女たちから歌を習い、後にそれを編纂した。今に残る『梁塵秘抄《りょうじんひしょう》』である。

遊びをせんとや生まれけむ戯れせんとや生まれけん
遊ぶ子供の声きけば我が身さえこそ動かるれ

たくさんの歌の中で、最も世に知られた歌である。

青墓には国分寺跡だけでなく、歴史に残る建造物やその名残、昔話や伝説がいくつかある。その中に、平安末期最澄が青墓の長者であった大炊《おおい》氏の帰依によって建立した「円興寺《えんこうじ》」がある。しかしその後、織田信長によって焼かれ、再建したところも雷火によって燃え、今の円興寺は別の敷地に移っている。元の円興寺には、平治の乱で敗れ、東国へ落ちる途中に落人狩りで負傷し自害した、源義朝の次男源朝長《ともなが》の墓があった。悲しい物語は能となって残っている。

歴史はややこしくて、事実として語るには知識も資料も足りない。ただ、そんな青墓の地に、娘夫婦と孫三人がいるのは事実である。そして二番目の孫がまだ一歳になるかならぬかのある夏の日、娘から招待を受けた。

「蛍が飛び始めたので見に来ない」

青墓円興寺の辺りは大谷川の最上流になり、ここに蛍は群れて飛ぶという。暑さの盛りではあるけれど、蛍見ながら孫抱きがてら、行こうと重い腰を上げたのだ。

娘の住んでいる辺りは人家もまばらで、宵の口に見る周辺は青い稲が水田を埋めて、所々に畑も混在する山裾の農村の趣である。山際近くに、芒の若い葉に覆われた大谷川が、五メートルもない幅で流れている。

やがて青墓は薄闇に包まれ、田んぼに涼しい風が吹いて、すでに蛍の光は一筋二筋と夜空に尾を引いている。上の子を歩ませ、下の子を抱いて大谷川に出ると、微かな空の明るさを映す川のあちらこちらで、まさに蛍光色の光が点々と、舞い上がり風に流され、あるいは止《とど》まり、あるいは小橋をくぐり抜け、電飾のように明滅する。大きな光源を持つこの主は、清和源氏の故事に倣って源氏蛍という。

青墓や梁塵秘抄母子草

闇に抱く孫の温もり蛍川

捕へては捕へては蛍逃しけり

積む闇に弄《もてあそ》ばれて蛍狩り

半身を露《あらは》に見せて蛍飛ぶ

朝長《ともなが》の源氏の名にて蛍舞ふ

手の中の明滅迅《はや》し末蛍

蛍消ゆ誰が魂の往く闇ぞ

# 通人

暑い夏はビールの季節であり、秋は食欲の秋でもあるが、新酒が出て「酒の秋」でもある。おいしいものがあれば、おいしい酒が飲みたくなるのは当然だろう。わかったような言い草だが、少しためらわれる。というのは、私にはちょっと残念な思いがあって、それは酒が飲めないことなのだ。いや、ちょっとは飲む。つまり、いわゆる下戸でアルコールに弱いのである。

勤め人の頃、みんなと一緒に飲みに行くことが億劫だった。たまに行ってもみんなのテンションが上がっているのにいつもどこか上の空で、ただ調子を合わせているだけのつまらない飲み会が常だった。ただ、酒の場が嫌いかというとそうではなくて、好きなのである。

そうはいっても、酒に弱くては、酒落て独りだけで居酒屋を放浪することなどできるわけがなかった。それ故に、酒をもって水を飲むがごとく胃の腑へ流し込む人類には、三割の批判的思いと二割の妬み心と、思わぬことに五割の尊敬の感情が生まれる。

大体、酒飲みの味覚は当てにならない。しょっぱくても薄味すぎても、酒という優れた液体調味料に合わせればなんでも旨くなる。口中調味というやつだ。料理の善し悪しよりも酒に合うか合わないかで、細かいことはどうでもいいのだ。酒飲みに出す料理には、さほどの算段をしなくても軽い気持ちで大丈夫と、この辺りが批判の三割に当たる。

しかし、酒飲みというのは、そうして自己の味覚を少し鈍化させても、酒を飲み、肴を口にする一連の儀式の中で、実に幸せそうな表情を見せるのだ。その目は、いつも〇カッコの上側みたいで、口はその下側みたいで、つまり酒は人を日常から乖離《かいり》させ、誰をも屈託のない漫画のような表情にさせ、浮世の憂さから解放する。酒に弱い私には、酔客が見せる会話や所作の程の良さは、世渡りの潤滑油にしたくてもどうしても補いきれないものだった。ここが妬み心の二割というところ。

いわんや私は高校に入るまで、酒を売る花柳界の中で育ったのだ。街には料理屋、小料理屋、芸者置屋、特殊飲食店が立ち並び、私の家はカフエーをしていて、二階は料理屋だった。表の壁面にはネオンが瞬き、夜十二時を過ぎても店は終わらなかった。小学生の頃は、朝ご飯を食べないで学校へ行き、昼に走って家に帰って昼食を食べ、学校が引けると夕ご飯、十時頃に夜食を摂《と》る。中学生になってからは、昼の弁当が朝飯に変わった。夜の時間は、店の女の子と酔客との嬌声の中で日常が進んでいった。

人は育つ環境で心を染めていく。私の目指す人物像は、粋な、洒脱な、程の良い、垢抜けした、遊び慣れした人で、水商売の父親が客を評価する言葉がそのまま理想となった。しかしこうした形容は、そこにどうしても微醺《びくん》を帯びた人が関わっている気がするのだ。父は「人格者になれ」とも言ったが、私は最初に頭に描いた、かっこいい通人とか遊び人の方に心惹かれた。ここに尊敬の五割の理由がある。

酒が私の人生のその時々の節目に、あるいは一日の終わりの締めに登場しなかったことは残念であった。故に、理想のどの人物にもなれなかったことは、やはり痛恨の極みといっていい。いうまでもないが、時には酒に飲まれて行きすぎる人もいるが、ここではその人たちのことを言っているのではない。

花街の少年卯月通学す

ネオン咲く麦酒《ビール》飲む人唄ふ人

天真の酒呑童子《しゅてんどうじ》や今年酒

秋酒場目から舌へと酔ひ進む

酒なくて幾山河や秋暮るる

染まりきし酒の習ひも旧《ふ》りて秋

ふと恋し夜の食事の常にして

# 落鮎

　人はなんでも食う生き物である。ちょっと古いが、肉食系女子とか草食系男子とかいう妙な名詞が流行ったことがある。どうやら食べ物自体のことではなくて、肉食獣のように襲ってくる女子、草食獣のように逃げ惑う男子というような意味らしい。しかし、この比喩は当たらない。私は、若い頃肉食系の男の子であったけれど、「消極的な」肉食系男子であった。当然、「積極的な」草食系女子もいるに違いない。積極的消極的はこの際どうでもいいことだが、人は雑食性で、男だろうが女だろうが、食べられると聞けば、見境なくなんでも食う生き物である。

　しかしながら、私の肉食系嗜好は年齢と共に退化を始め、同じ肉でも魚肉が主流になった。魚は三食の内どこかでほぼ毎日食べる。無論、同時に野菜も食べる。バランスはいいのだが、やはり毎日の食事としては、感覚的に少し物足りない気もする。けれども、肉を食べたいという欲求は強くはない。言われるまでもなく、老化現象のなせる業であろう。

思ってみれば、肉、野菜ということなく、生ものや発酵したものやまだ途中の生熟《なまな》れや、卵や白子や虫など、いろんなものを食べた。「食べる」という動詞は音が汚くて、平安時代には使わなかったという話を聞いたことがある。我が貪食《とんしょく》の履歴を鑑《かんが》みれば納得する。決して「お召しになった」とは言われない。

長年魚を食べていると、ほんの薄っすらとだが変な気分になることがある。牛、豚、馬、鶏、などは大体どこかの部位を食べるが、魚の場合はそのままが多い。人は食物連鎖の頂点にいて、ものの命を取って生きているが、部位とは違ってそのまま食べる魚の場合は、皿の上に乗った塩焼きや煮つけがこちらを見ているような、なんとなく後ろめたい気持ちが、私のちょびっと残っている純情な心に、ごくごくわずかに揺らぐみたいだ。

欧米人の、特に子供たちは、尾頭付きの魚に慣れていなくて魚の目玉が怖いらしいが、魚を食べ馴れたはずの日本人の私の場合は、老い先の短さを悲嘆して、魚にさえ同情するあまり、そんなことを思うのではないかと考える。つまり、間違いなく老化が進行している証拠であると。そのうち何も食べられなくなったらどうしよう……まあその時は豆でも芋でもあるさと、ここでは強がりを言っておこう。

酒蒸しの浅蜊に重き落とし蓋
飛魚の翅《はね》は何処《いづこ》や不時着す
ゆで蟹の赤に怒りの濃い淡い
落鮎の阿形の相で焼かれ来し
秋刀魚食へば皿に崩れし厚化粧
秋刀魚苦し胸に恨みのうろこ飲む

秋刀魚焼く腹腸《わた》煮え返り身ははぜる

包丁の荒々しき秘め夏料理

鰯十尾指で開けば油沸く

## 北国脇往還《ほっこくわきおうかん》

店の定休日には、私たち夫婦は必ずというくらい車で出かける。一週間じっとしていると、次の一週間が長くなる。日頃の環境を変えることが、精神衛生上どうしても必要なのだ。

この十年以上も前から出かける場所は同じ、言わずと知れたさざなみの、滋賀の湖北と呼ばれる辺りである。この岐阜海津市から、養老、関ヶ原、藤川を経て山越えバイパスを通り、姉川の上流伊吹の道の駅へ。そこから野村西で北国脇往還といわれる365号線に合流して、浅井《あざい》の道の駅にも寄り、姉川に比して妹川とも呼ばれる高時川の阿弥陀橋を越えて、高月町柏原に入る。そこでは千手観音で有名な渡岸寺《どうがんじ》、そして野神《のがみ》の大ケヤキと呼ばれる欅の巨木がある。幹回り八・四メートル、樹高二二メートル、樹齢三百年以上という。そこを過ぎれば木之本へ入る。

ところで、北国脇往還という聞き馴れない道のことであるが、江戸時代北陸諸大名の参勤交代に利用された道で、言ってみればバイパスである。今も国道365号線に沿って、さほど変わらない位置で残っている。北陸諸大名は北国街道を米原へ出て中山道へは入らず、木之本から北国脇往還へ入り、小谷、春照《すいじょう》、藤川を経て関ヶ原に入った。そして垂井から、今度は美濃路へ出て、大垣、一宮、清洲、名古屋宿を通り、宮宿へ出て、東海道へ入る方が便利だった。ここもまた脇往還である。

私たちは現代、どこでも車で一気に駆け抜けるが、江戸の昔は各宿場があり、大名一行の接待で賑わったことだろう。北国脇往還の伊部宿という宿場に、その時の献立が残っている。長旅の健康に留意した、一汁三菜の素朴なものであったようだ。

枝間より春雪伊吹輝けり

上からの屋根の景色や斑雪

山裾に屋根犇めきて花を待つ

脇往還こごみわらびの宿の菜

あでやかや桜振袖姉妹川

蕨買ふ浅井の駅に三姉妹

高時の桜並木や阿弥陀橋

片蔭に神さぶ野神《のがみ》の巨欅《おおけやき》

姉川の湖《うみ》入るところ鷺散らす

加賀越前古道を行くや手毬花

# ３０３号線

木之本へ行くにはもう一つ別の道がある。岐阜海津から揖斐川町へ出て、久瀬、藤橋を通り、徳山ダムの方へは行かずに、奥揖斐湖大橋が架かる横山ダムを渡る。夢回廊と名づけられた、ダム湖のほとりを蛇行する半隧道の難所を越えて坂内へ入る。国道３０３号線である。夜叉ヶ池の登り口になる川上の水力発電所を右に見て、長さが三千メートルを超える八草《はっそう》トンネルをくぐり、滋賀県木之本町の東端、金居原の集落を抜ける。

３０３号線は岐阜市の神田町五丁目の交差点を起点に、本巣、揖斐川、坂内、滋賀県金居原、木之本と続き、途中、国道８号線、国道１６１号線と重複するが、その多くが山道となる国道で、末は福井の若狭街道につながる、自然に囲まれた魅力的な道である。揖斐川町藤橋の道の駅は山菜が豊富に出回り、蓬邑亭にとっては特に捨ててはおけない場所であるから、春は３０３号線を利用することが多い。

木之本では行きつけのスーパーマーケットで、魚介を買う。琵琶湖はあるものの、滋賀県は海なし県で、海の魚はよろしくないと思われるだろうが、小浜、敦賀、福井、石川と日本海は近く、昔と違って流通はスピード化され、滋賀でも新鮮な海の魚介が豊富に並ぶ。北陸まで足を延ばすことなく新鮮な魚介を買うことができるのだ。もちろん、琵琶湖特産の稚鮎や小海老なども並んでいる。

木之本からは国道8号線に入って、時には余呉《よご》湖へハンドルを切り、また8号線に戻って大音《おと》から余呉川を下り、大抵の時は、琵琶湖の沿岸道路「さざなみ街道」を走り長浜方面へ向かう。けれど、余裕のある日には、大音で長浜方面へ曲がらず、賤ケ岳トンネルをくぐり、もう少しだけ8号線を敦賀方面へ向かう。すぐに「あぢかまの里」という塩津浜の道の駅がある。塩津浜は、平安の初期から江戸の前期頃まで、北国の貢物を京都へ運ぶための港として栄えていた場所である。そこを覗いてその先を左へ折れ、山越えの道に入れば、また303号線。登り登って標高をより高くして、今度は敦賀からきている山際の道、国道161号線に併合して南へ走る。すぐに追坂《おっさか》峠の道の駅に着くので、無論そこにも寄り、名前の由来を納得させる長い坂を下ると、前方眼下に琵琶湖が見られる。そこは歌舞伎の勧進帳で、義経一行が弁慶と共に琵琶湖を縦断して上陸した、なんと我らの住まいする住所と同じ名称の海津という。ここもまた、塩津と同じ役割をしてきた港である。

海津からは１６１号線のバイパスが高島市まで出来ているが、そこは通らず、元からの１６１号線である琵琶湖の西側「湖岸道路」を、今津、高島市へ走る。左に湖と対岸の長浜の街並みを遠く見ながら、あまり車が多くない静かな道をゆっくりと走れば、湖側に松林あり、反対側に桜並木あり、季節によっては水辺に白鳥の群れを見る、素敵な湖岸道路である。

春を来て八草トンネル滋賀に入る
春山へ邑《むら》押し上げて余呉《よご》の湖《うみ》
霞引く海津の浦や舟の影

３０３号線滴る山となり
夏山を越へて国道いづこまで
湖の遥かに下や夏蕨

# 高島懐旧

今や滋賀県高島郡は市となって、ずいぶん賑やかな街になった。私の母は、現在の高島市安曇《あどがわ》川町の上流、上古賀の生まれである。この辺り、下手をすると親類縁者に出くわす虞《おそれ》がある。小さい頃から母に連れられて、上古賀、万木《ゆるぎ》、安曇川、堅田《かただ》など、幾度も周辺の親戚へ来たものだ。今は従兄、あるいは従妹の子の代であり、かつての付き合いはない。私の心の中にあるかつての高島が、賑やかに変身した今の高島市をたどらせているようだ。

万木には叔父がいて、そこにも何度も来たことがある。叔父が亡くなって、その後法事に行ったのが最後だった。今は大きな道の駅があって様変わりしている。春、山菜の季節には、そこからさらに西へ安曇川を遡《さかのぼ》り、上古賀を右に見て、朽木《くつき》へ行くこともある。

要するに、なんということもない湖北から高島市への道の駅巡りである。しかし、もう十年も十五年もこれをやっていると、ことさら道の駅に用があってのドライブではなくて、道の駅は休止符に過ぎないのだ。勝手知ったる道のカーブや、お天気の具合で色を変える湖の波の様や、山の木の季節季節の色づきや、上り下りの急な勾配など、何かしらいつも身に近く感じていたい思いでハンドルを切るのである。

万木《ゆるぎ》と云ひ朽木《くつき》と云ふも滋賀の春

負はれゆき消えぬ堅田の誘蛾灯

鮎奔る川そのままに十三回忌《ねん》

代替る法事の客や夏衣

滋賀は、山の幸湖の幸と食材は豊富であるが、私たちはこの辺りで飲食店に入ることを少し躊躇する。正直言って、料理の味が口に合わないのだ。料理人の腕が悪いということではなくて、地域性というか、文化の違いというか、調味料の違いもある。醤油の違いや味噌の違い、出汁の違いなどで、当然料理の方法や食べる方の味覚の違いが出てくる。このことは少し残念な気がする。

とはいっても、滋賀特有の食べ物は興味深く、この土地ならではの珍品が多い。それに、特筆すべきは米の良さである。定食や丼物のご飯はどこもおいしい。それからぬか、高島は鮒鮨の本場である。ご存じのように、鮒鮨はご飯を発酵させて作る。独特のにおいが苦手な人もいるが、発酵食品のピカイチは鮒鮨である。高島には、四百年続く鮒鮨の有名な店があって、店に入れば発酵臭が漂う。琵琶湖の固有亜種であるニゴロ鮒と、言うまでもない江州米のコンビネーションが作り上げた、食の芸術品である。

## 鮒鮨や高島は母の在所にて

熟鮨《なれずし》といふ幾つかの湖魚並び

鯖にても熟鮨ありき鯖街道

鮎掛けし安曇川《あどがわ》飲める空のあを

# 筒井筒《つついづつ》

私たち夫婦は幼馴染にして、同じ町で生まれ育ち、同じ小中高の学校を出て、ある時一緒になった。私の意識の中では、妻は妻であり、友であり、妹でもあり、夫婦の期間を超えての長い縁《えにし》である。

伊勢物語にはその第二十二段に、幼い頃からの一途な想いを女に贈った歌がある。

筒井つの井筒にかけしまろがたけ過ぎにけらしな妹見ざるまに

(筒井の井戸の筒より私の背が高くなってしまったようです。あなたに　会わない間に)

この和歌を捉えて、幼馴染からの縁を筒井筒という。女の返しはこうだ。

比べ来しふりわけ髪も肩過ぎぬ君ならずして誰かあぐべき
（比べ合ったふりわけ髪も肩を過ぎました。あなたでなくて誰が髪を上げてくれるでしょうか）

二人の恋はこれでめでたく成就するのだが、それなら私たちもと、業平を気取るにはちと早い。私たちは、小さな町の一学年だけ離れただけの間柄だったので、遠くで見る互いの存在はよく知っていたが、遊んだことも話したことも、ましてや髪の長さや背丈を比べ合ったこともない。

小学校を卒業した時に誘われて、宿直だった六年生の担任の先生を訪ねたことがあった。その時、在校生として来ていたのが妻だった。おかっぱ頭の小さな子で活発な少女だったが、私が見ていたのはあまりに黒い顔の色だった。

なんであの時そう思ったのか、こんな色の黒い子はお嫁さんにはしたくないと、そう思ったのだ。十年後どういうわけか、その思いを反古にして、八十近い現在はいつの間にやら糟糠の妻となり、金婚式もとうに過ぎた。人生って不思議なものですね、である。

話をまた湖北へ戻そう。米原には、例外的に私たちが贔屓にしている駅弁屋さんがある。湖北に行く時、脇往還の方ではなく、米原経由で行くことがあるのだ。春はじめ、琵琶湖周辺は桜で埋もれる。あるいは秋、湖東三山に紅葉を見に行く時にも、この駅弁が行楽弁当になるのだ。名付けて「湖北のおはなし」季節により代わるおこわを主食に、合鴨ロースト、葱のぬた、赤蕪、こんにゃく、里芋、だし巻き卵、海老豆などを詰めて、湖北の色を演出した優れものである。時に土産にして晩飯の手間を省くこともある。この駅弁屋さん、元は長浜の旅館で、明治の半ばから駅弁屋を始めたとのこと、その名を「井筒屋」さんという。

もう一つ例外があって、ここならという郷土料理屋さんがある。長浜のアーケード街近くにある、古民家を改造したお店で、「翼果楼《よかろう》」さんという。ここでは鯖街道の雰囲気を多分に取り入れたメニューがある。焼き鯖鮨や焼鯖そうめんが有名で、麺を一日五百杯売ったという人気店である。私はその他に、夏場のメニューで十八穀米のおにぎりがついた冷やしそうめんの定食を食べる。冬季には温かいそうめん定食に、子まぶしにした鮒の洗いを注文する。

海老豆《えびまめ》の花見弁当筒井筒

焼鯖も一椀の内煮素麺

ともかくも江州米と鯖で締め

寒鮒の子まぶしに咲く昔花

思い出すのだ。我が故郷海津は木曽三川の大河に囲まれ、内水もいくつかの河川を持ち、川魚の本場であった。子供の時から鮒釣りに明け暮れていた。開発されるにしたがって、川の水は汚染され、鮒をはじめ川魚や川海老、シジミやタニシなどなど、川の幸は食べられなくなってしまった。それればかりでなく、川は狭くなって単なる水路となり、土手を飾る葦や真菰や、そこを走り抜ける水鶏《くいな》、水面に浮かぶオニバスや幾種類かの菱、水くぐるカイツブリや鷭《ばん》なども見られなくなった。長く生きてきて最も残念な出来事である。

料理上では、淡水魚は海水魚の上に位置し、鮒の洗いも鮒の吸い物も今では夢のまた夢、翼果楼さんの鮒の子まぶしは、涙が出るほど懐かしくおいしい逸品である。

魚串は扇の如く鰻焼く

四手網《よつであみ》下に茶碗の欠片《かけら》かな

水槽に鮒沈みゐて冴え返る

初鮒の腹子を抱ける滑《ぬめ》りかな

オイカワはシラハエなりし我が故郷
茹で菱に出刃当て割れば菱の出づ

# 冬隣《ふゆどなり》

このところ、新型コロナウイルスの騒ぎで、蓬邑亭は本来の経営ができていない。客が来なくても大勢来てくれても、どちらもよろしくないのだ。

思えばもう、まる十八年になる。妻と二人、この田舎町に不似合いな珈琲専門店を開いて、思いもよらない長い年月が経った。その間、ポットを振って珈琲を淹れることと一体何人分だったろう。

客と向かい合う時は、他事を考える余裕はないが、朝一番、自分たちの珈琲を淹れる時には、細いポットの口から立ち昇る湯気に、さまざまな思いが乗る。湯気は乾燥した店内を潤し、冬隣の空間を温め、珈琲の香りと共に流れ出る。しかし長くは続かず、ほぼ瞬間に消えてゆく。それでもその揺らぎに、その消えてゆく先に、祈りに似た思いが引き込まれる。願いなのか思い出なのか、我ながらはっきりしないが、湯気の温かさはなんとなく懐かしく、そして愛おしい。

人が人である時間には限りがあって、人の終章は切なく寂しい。私と共に、客もだんだん齢を重ねていく。ある人はある時から来られなくなり、ある人はいなくなった。年老いて家業を閉じる人、車の免許を返納し、気ままに動けなくなった人、誰もが黄昏《たそがれ》の影を引く。

近頃、ふと昔が思い出されて、ショッピングセンターでの買い物のついでに、「ちあきなおみ」のCDレコードを買った。この頃、毎朝それを聴く。

人の一生は長くもあり短くもあり、人生はそれぞれだが、大方の時間が過ぎ、先の勘定ができるようになって、来し方を振り返ってみる。生きてきた満足感が心にしみるような、大きな喝采を受けたことはなかった。欲張りだとは思うものの、地道な人生を地道なままで終わるわびしさが、それを幸せと思おうとする哀しさが、隙間風となってそぞろ身に染むのだ。

老いて秋演歌哀しもポット振る

あの人もこの人も逝き冬隣

看板の廃れし時空《とき》ぞ紅《あか》とんぼ

喝采の声聞かずして秋暮るる

ドリップに湯気ほのぼのと冬はじめ

廃業を告げ去る人に冬日影

# ガラス窓

カウンター席が蓬邑亭の一等席である。横に八席。私たちに最も近く、西洋磁器のカップ&ソーサを飾った棚にも近く、珈琲を抽出するのも、客の目の前で展開する場所である。

「どうぞこちらへ」

客にはまずカウンター席を勧める。カウンター席の向かい側には、通路を挟んで四人席が三カ所あり、全体に狭い店なので、そこでもさして遠くはないのだが、やっぱりカウンター席は接待の親密度が違ってくる。

常連客はカウンター席が当たり前になり、必ずその場所、位置もおよそ決まっている。二度目からの客は、案内なしでもカウンターの客になる。特に一人客は男女を問わずカウンター席に座る。初見の緊張をクリアーして、店が身近になった証拠であろう。実はこういう客があって、客よりも私たちが、客と身近な感触を得ているのだ。

大変喜ばしいことである。

珈琲は東京の老舗珈琲店から仕入れる一級品で、おいしいことは確信しているが、客への対応は珈琲の味だけには留まらない。客の話を聞く。そして話す。人は口と耳を持っている。それは単なる伝達の部分ではなくて、思考と感情を伝え、受け止める器官である。

私はつい話しすぎる。話というものは聞き上手がいいと自分でも思うし、妻からもきつい注意が入る。ふだん見聞きする世情の話なら、客との境を忘れ、止めどもなく広がるが、時たま家庭の事情だったり、職場の人事のもつれだったり、日常生活上に発生する岐路の選択肢などの相談があると、その時はまず「聞き上手たれ」と自分に言い聞かせて、心して聞くのだ。

結局、蓬邑亭の特徴は珈琲とおしゃべりの二刀流で、どちらかといえば……ちょっと言い難いが、おしゃべりにいささか偏っているみたいだ。けれどそのお陰で、客との間に境を越えた親しみが生まれる。一緒に食事に行ったり、買い物に行ったりする仲ではないけれど、常に気にする存在になる。

「上善は水の如し」私の父は、人付き合いをこう喩《たと》えた。「君子の交わりは水のごとく愚者の交わりは蜜の如し」そうとも言った。それを念頭に、人付き合いをなるべくさらりとした関係に保っているつもりだが、心の中では結構熱い。

私も客も共に年を経て、ある時、そうした危惧のある、あるいは予期せぬ客の訃報に接した際には、どーんと腹を打つ衝撃の後、全てのものに限りがあることをあらためて深く認識し、何日かの間悄然となる。

先ほど紹介した四人掛けの三カ所の席の下部、座って腰の部分から下に、横長のガラス窓が設えてある。いわゆる嵌め殺しという開かない窓だ。店の設計の際、娑婆がまともに見えてはストレスの解消にならないだろうと、目の高さを避けた下部分に、明り取りとして狭く長いガラス窓を設計した。

窓の外は狭い花壇があり、そのまた外には車の通る道があり、季節によっては花が揺れ、時々車が走り、たまに人が通る。だが、状況をはっきりと映し出す窓ではなく、それらしき影を見せるに過ぎない。

明り取りとして設えた窓であるが、思わぬことに客の出入りをうかがい知る、唯一外部とつながる明り窓となった。困ったことに、もう訪れのなくなった客がまだ来店してくれるような気がして、いつの間にか外を気に掛けている、なんとも切ない思いがする嵌め殺しのガラス窓となった。

白玉は餡に浮かびて青磁鉢
客は皆時代の同士緑さす
マイセンの龍踊らせる朱夏の女《ひと》
サングラスコーヒールンバのモカマタリ
台風の紙面やスマトラマンデリン

秋深しキリマンジャロには氷河あり

旅人のゆく影差して秋の窓

客待ちの湯を冷めさせて秋の雨

唇に磁器は寄り添ひ冬に入る

セーブルやコバルトの海に千鳥飛ぶ

珈琲《カフェ》飲めば八十路の道に雪積もる

# 季《とき》巡る

人は楽しむためにこの世に生まれてくると、そう思ってできる限り遊ぶ。土筆の頃は土筆摘み。蕨が出れば蕨狩り。桜の頃は桜見物。家にあっては日を置かず、山菜料理のアラカルト。時が無情に過ぎていけば猛暑の夏。さすがに出歩く気力がなくなって、外との接触が薄くなる。

春はまあ順当に来ているが、近年は夏が長くなって残暑厳しく、秋は遅れてやってくる。そして短い。紅葉の盛りを毎年逃していまいち物足りないが、秋も野外と関わり合ういい季節だ。見事な紅葉の名所に行かなくても、養老多度山脈の山肌を覆う灌木の黄葉を見れば、心安らぐ。

先走りする人間界の文明の進化には到底ついていけなくて、というよりついていく気もなくて、自然界に身を置くことが、生きて楽しむことの必須条件である。文明の光線を避け、振動する騒音を避け、できるだけ自然の多い場所を選んで出かけるのだ。

さすれば、清純な空気も吸うことができるし、山や川、木や草や鳥や虫に心寄せることができる。うまくいけば、その土地その土地の珍しい食べ物にも巡り会える。

ぎしぎしの花に錆吹く水路かな

無花果を風呂吹きにしてジャムにして

たれかれの山粧へば靡《なび》かざる

コスモスを透けて青空広がれり

橋越せば街眼の下に秋の虹

黄葉の予兆欅は鎮まりて

露草の眼の青ざめる盛りかな

襤褸《ぼろ》芥《あくた》枝に引っ掛け秋出水

対岸の灯を浮かべたり秋出水

味噌おでん乗せたる皿も鄙育ち

砂利道の中に銀杏拾ひたり

擂り粉木をバトンタッチでとろろ汁

## 曼珠沙華

秋には、野面のあちこちに真っ赤な曼珠沙華が群れて咲く。野にある花の中で、私が最も好きな花と言っていいだろう。いち早く咲いた花を折り取って、店の床の間やカウンターの袖を飾る。花瓶の裾にヨモギやエノコロを配して曼珠沙華を活けると、野の一角を切り取った豪華で鮮やかな活け花になる。

海津市の津屋川は曼珠沙華の自生地で、季《とき》になれば堤は十万本の花で埋められる。フランスの印象派の画家、クロード・モネの「ひなげし」の絵を見るようだ。津屋川のたたずまいも、なんとなくヨーロッパの洒落た風情を漂わせている。

私の大好きなこの花が、実はたくさんのあだ名をつけられて、その多くがまるで悪口そのものであるのは許せないところである。曼珠沙華が秋の彼岸に咲くので、彼岸花ともいうことは知られているところであるが、墓花、葬式花、死人花、幽霊花、地獄花、火事花、蛇花、私の土地では、へんび（蛇）の舌まわりという。

曼珠沙華の球根には猛毒があって、子供が口に入れるのを警戒してのあだ名という説もあるが、狐花、狐の提灯、天蓋花、剃刀花、変わったところでは、葉の出る頃に花はなく、花のある頃には葉がないので、葉みず花みず、そのあだ名や全国でおよそ千通りという。妙なもので、本当のことを言えば……私は曼珠沙華の異名の多さにも心惹かれているのである。赤く鮮やかであでやかで、それでいて怪しくて不気味な独特の花の姿。六個の花、六枚の花弁、六本の蕊が秋陽を受けて天へ反り返る。いくらでもイメージが広がり、いくつでもあだ名のつく、魅力に溢れた類まれな花なのだ。

曼珠沙華活けて凛々しき火が点り

垣根より赤噴き出して曼珠沙華

曼珠沙華金毘羅さんから黒き猫

曼珠沙華に辻説法の地蔵堂

白からぬ白にて白き彼岸花

末枯《すがれ》たれば幽霊花の謂《いは》れ知る

ちろちろと赤きへんびの舌まはり

白秋も名に惹かれけむ曼珠沙華《ひがんばな》

遠目にも違《たが》ひなき赤曼珠沙華

間もなくに色褪れけむ曼珠沙華

地に火焔七日七夜の秋彼岸
曼珠沙華隠し化粧の夜の夢
恋祈願木叢《こむら》細道曼珠沙華

# 海なし県

　里には里の、山には山の名物があり、鄙びた風情はいいものである。岐阜県は海なし県で、飛騨には山、美濃には平野、海は遠くて馴染みがなく、私の文にも海に関する記述に欠けるきらいがある。

　幼い頃は海が怖かった。広大な水の風景は重く黒く荒々しく、威圧的で尻込みした。しかし、海津という土地はもともと海の名前で、字《あざな》に石津、柳港、帆引、西小島、東小島などの土地名がある。あの日本武尊《やまとたけるのみこと》は、東国遠征の折伊吹山で瀕死の重傷を負った。海津の南濃町に杖突坂という史跡が残る。そこを過ぎ、尊が「草薙の剣」を置き忘れたという草薙神社のある隣の町、三重県桑名市多度町。そこから桑名市に出て、妻である宮簀媛《みやすひめ》を残してきた熱田を見たその頃には、海上七里、つまり海津は海の底であって、養老多度山脈は岸辺だった。「日本書紀」「古事記」の記載によるものである。

日本武尊の親である景行天皇は、紀元元年の天皇であるから、それから二千年あまり。海津はいつから平野になったのだろう。ある時テレビで養老年間（紀元七一七〜七二四年）の絵地図を見たことがある。養老多度山脈は岸辺で、そこから名古屋の熱田までずうーっと海の絵図だった。

現在まで千年余りの間に、海は陸地となり岸辺は山となって、名だけが海を表して残っている。されば、里と化した近隣の土地に生まれた甘いものなど、あちらこちらに名物あり。

草餅は田舎づくりが好みにて

粽《ちまき》食ふ長々しきや草の紐

葛餅の黄な粉色足す織部皿

蜜豆の昔のままに地下老舗

渋皮も鄙の一味栗金団

廃業の銘菓恋しき枯芙蓉

野上りの饅頭包む秋茗荷

黄葉すメタセコイヤに四季有りて

金木犀二度咲く頃ぞ枯初むる

# 野良の果実

そういえば思い出すのだ。私が小学校の低学年だった頃、まだ敗戦の影は色濃く残っていて、どこの家も貧しかった。けれど子供の数は多くて、それぞれの集落では子供の社会が出来上がっていた。学校から帰ると、すぐさま寺の境内でいろんな遊びをした。冬休みや夏休みには宿題をほったらかして毎日遊んだ。ルールや順位や思いやりや正義感。今思うと、その出来合いの子供世界の中で、たくさんのことを学んだと確信する。あの頃リーダーだった年上の人たちは、今どうしているだろう。もうどの人もどこにもいなくなって、消息を聞くのに誰にたずねるという人もいない。

野球や川遊びや雪合戦だけでなく、みんなで木イチゴやグミ、ビワや桑の実、マキの実やユスラ梅など、野良の果実を採って食べた。当時は、子供の舌を満たす甘いものが極めて不足していたのだ。不衛生な環境で育ったそれらのごちそうは、時に幼い命を奪う毒ともなったが、赤や黄色や紫に輝く果実の誘惑は抗《あらが》い難いものだった。それらは単なる食べ物ではなくて、長ずるに従って、そのまま遺伝子となって私の五感の中に息づいている。

濃姫の名の苺にてショートケーキ

ジャムパンのほっぺ突けば春彼岸

枇杷たべし人も何処の空の下

桑の実に舌染めしまま永き夢

垣に手を入れて木苺摘みにけり

無花果《いちじく》の枝に括りし渡り板

槙の実をゼリーに見立て愛《お》しみけり

ここかしこ椋の実恵む風の後

長々と生きて木通《あけび》の種を吹く

## 山峡《やまがい》

平坦な生活に飽き足らず、刺激を求めて山峡に行くこともある。平野人種にとって、山峡は気分を変える魅力的な場所である。ただ景色に見とれている時もあるが、渓流奔るところに旨いものあり。しいたけもこんにゃくもおいしいが、なんといっても鮎、山女、岩魚、虹鱒など渓流魚の料理は魅力的である。塩焼き、甘露煮、洗いの他、握り鮨、押し鮨、姿鮨と、おいしいものが満載だ。

揖斐川の上流には、夏になるといくつもの鮎の簗《やな》が結われて、堤の上には長い小屋が建てられる。葦簀《よしず》を張った仕切りからは、鮎焼く煙が立ち昇る。定食には鮎の塩焼きの他に、魚田《ぎょでん》、洗い、甘露煮、フライ、稚鮎の酢の物、最後に鮎雑炊と、鮎づくしの料理が出る。客は一時、茣蓙《ござ》を敷いた葦簀張《よしずばり》の小屋の中で、野趣味満点、心と舌を洗う。

定食の中には含まれないが、簗によっては、鮎の内臓を塩辛にした「うるか」が珍味である。苦いはらわたを塩漬けにしたものを「渋うるか」魚卵を漬けたものを「真子うるか」白子を漬けたものを「白うるか」という。どれも珍味中の珍味だが、鮎を開いて薄塩の一夜干しにして、これに渋うるかからにじみ出る汁を塗りつけて焼いたものは、食通を唸らせる一品である。

揖斐川や簗場簗場の鮎の味

簗ひとつ激しき雨の中にあり

新米に川の苦さや渋うるか

もうもうと煙立てるや下簗《くだりやな》

ところ変わって中山道醒井《さめがい》の養鱒場では、公園化された園内に鱒料理を食べさせる店がある。山深く流れてくる自然の渓流を利用した施設は、夏場に平地より気温が三度低い避暑地であり、その養鱒池のほとりで採れたての鱒を食う。幸せの極致である。揖斐川の鮎と同じように、ここでは渓流で養殖した虹鱒の料理が一式出てくる。違っているのは、大きな虹鱒の赤い身を握り鮨にしたものと、二年子の小さい虹鱒を開きにして、頭も尾ひれもついたまま押し鮨にした「姿鮨」を注文できることである。

中でも私の食味を捉えて離さないのは、押し鮨にした姿鮨の方で、薄塩に漬けたものをさらに酢でシメて、酢飯に押した野趣に富む鮨である。公園を歩いてくる途中、道端の山椒の葉を二、三枚ちぎってきて、それを散らして食べるとまた一興、野趣味が増すのだ。

山峡《やまがひ》や骨やはやはと姿鮨

醒井の雨止み紅き洗鱒

青鷺は渉猟しかつ逍遥す

虹鱒の魚田となるも尾を跳《はね》し

渓流に鱒は潜みて青もみじ

橋渡る養鱒場の冷気かな

# 日常茶飯句

とはいうものの、いつも外ばかり出歩いているわけにはいかない。家の中、住居の周辺こそ生活の主たる居場所である。幸いにして、田舎生まれの田舎育ち、ここらも文明の波に洗われてずいぶん変わったけれど、まあ、自然の風景の中で日頃を送っている。

故郷海津は県下屈指の農業地帯で、密集する建物もなく、高いビルもなく、稲作農耕、蔬菜《そさい》園芸などの田園が広がる、濃尾平野の南西部である。それが自然かと言われそうだが、土に根ざした人の営みも、土も草も見えない都会に比べれば、自然に近いと言えるだろう。

この濃尾平野の片隅で、朝は陽に当たり花を愛で、昼は農協やスーパーやホームセンターやドラッグストアで買い物をし、宵は街灯りの西空から昇る月に思いを寄せ、曲がりなりにも生業として珈琲屋を経営する。ここで生まれ、ここで育った一人の人間の、どうってことのない毎日の暮らし。この生活圏こそ、主たる私の行動範囲であって、日常茶飯事、そして日常茶飯句、その中に埋まり放出する感情や思いが私そのものであろう。

見つ上り下りても見て坂の梅
引く人も犬も年寄る余寒かな
浮雲の下に人ゐて春田打つ
鴨引くか羽搏《はばた》きてまた羽搏きて
春疾風《はるはやて》烏斜めに駆け上がり

つねならむあさきゆめまにうめさくら

渠《みぞ》さらへ婦人は撒けりクレゾール

七星を真似て胡瓜の花並ぶ

草丈に隠れて南瓜花盛る

実山椒が骨立つ粗《あら》のあちこちに

玉葱をビニール紐で振り分けに

私が生きた季節の廻《めぐ》りが数を刻み、夢か現か、この八月で八十年目の夏が来ることになる。この間、人は代わり風景は移り、映画を見ているかのように目の前を過ぎていったが、私の網膜には、時代時代の故郷海津の映像がいくつも残っている。積もり積もって、この海津の土地が衣服となり血肉となり、骨の髄まで染みこむ生涯の色となった。昔に比べれば何もかも変わってしまったが、疑うことのない故郷である。自然環境がすっかり変化した若い世代は、今の生活圏なり風景なりが故郷になり得ているのだろうか。

人もまた、海から遡上する魚のように、故郷を希求する本能があるように思われる。そうであれば、たとえコンクリートで造られた人工川でも、そこで孵化した稚魚は、やがてそこに戻ることになるのだろうか。自然環境が極めて薄くなった土地でも、そこで生まれた人は、そこを故郷と認知して希求するだろうか。余計な心配をするのではない。この世の土産に聞いてみたいだけだ。

天の川濃尾平野に川三つ

芋露の銀の内部に未来都市

名月や天球地球の夜響く

はさはさと蝗は跳びて田は真昼

紫の花とは知らず暴れ葛《くず》

あの辺り御嶽隠す冬の雲

たまさかに濃尾平野に小雪積む

雪片のいくらかはまた舞上がり

雪一日真白き平野となりにけり

過疎の地に薄日射しつつ雪降り積む

湖北へと高くなりつつ雪の壁

白鳥の先へ先へと伸ばす首

白鳥と人の間の湖水かな

客足は遠く物憂し日陰雪

春未《まだ》き落ちてゆく葉といづる葉と

# 暖衣飽食

朝が極めて弱い私のため、朝食は妻が作ってくれる。味噌汁か目玉焼きか、時には卵かけご飯で、店の開店を控えて簡素を旨とする。昼夕の食事の支度は私の出番になる。お昼は仕事の途中であるから、これも手間と時間はかけられない。前日の残り物や、それにすましを加えたくらいの手抜きで済ませる。だから夕ご飯には、閉店後の余裕に任せて比重をかけすぎるきらいがある。

近頃おかずを作りすぎていないか、という思いはある。鯵《あじ》の塩焼きには、ほうれん草と生しいたけと豆腐のすましが欲しい。大根おろしに、酢を多めにして篠島《しのじま》のしらす干しも食べたい。常備食に、甘い南瓜の煮物、薄い出汁味のしみた大根の煮物がある。昨日食べきれなかった、レタスと胡瓜とトマトの豆腐サラダがある。まてまて、さくで買ったタルイカとまぐろの刺身も残っている。生ものは足が早いので、これも切り分ける。既製品だけど、やっぱり辛子明太子も出しておこう。それから滋賀県で買ってきた鮎の熟鮨もちょっとだけ。他に佃煮類や漬物類は当たり前で、結果、飯台の上は隙間がなくなるのだ。
「こんなには食べられない」と妻が言う。眺めてみれば、暖衣飽食の後ろめたさが、微かにこめかみを震わす。

厨房は男が仕切る秋の茄子
掴みだす手の冷たさや初秋刀魚
酢味噌にて洗い茗荷は食すべし
瀬付き鰺《あじ》身は剝《す》き粗《あら》は潮汁《うしほじる》

おいしいものを求めて、いろんなものを食べた。あちこちの特産品や、魚や肉の種類と部位。たくさんの山菜や野草。発酵食品。よくもまぁ、あれやこれや口に入れたものだ。食うことの卑しさに忸怩たる思いは強いが、お陰で味覚に幅ができたと、小声で自負する。

私の個人的な食の趣向を開示することになるのは少し恥ずかしいが、たとえば魚は、三日を置かず出てくる我が家のメインメニューであり、焼くものも煮るものも、切身ではなくて尾頭付きのものが好きである。骨から身をはずして、骨格をきれいに残すことに専念する。背には背の、腹には腹の味があり、頭の中も内臓にも箸を入れる。無論、刺身は言うまでもない一番の好物である。また、何度も書いた鮒鮨や鯖鮨などの熟鮨、鮎のうるか、大徳寺納豆や浜納豆などの乾燥納豆などは、たまに食べるものではなく、私の常備食である。

前述のように、私は日常に酒をたしなまない。けれど、どう見たって私の好みは酒の肴である。このことも私の育ちと関連する事項なのかもしれない。

そういえば、この頃めったにお目にかからなくなった私の好物がある。塩鮭の頭頂部を、よく切れる出刃で薄く削いで生酢に漬け込み、その軟骨を食べる「氷頭《ひず》なます」鯨の皮の脂肪分を抜き、乾燥させたものをまた水で戻して、スライスし、生姜醤油で食べる「炒皮《いりかわ》」そして、なんといっても故郷海津の味、小鮒を骨ごとぶつ切りにして生酢に浸し、生味噌と白砂糖を入れて食べる鮒の「どんがね酢」この辺りまで言うと、いよいよ暖衣飽食のおごりが非難されそうでまた震える。

釣りあげて腹子まだ無き秋の鮒

水竿抜く渦に溺れる稲の藁

妻は私に比べると、食べるものに淡白で贅沢を言わない。大体、毛色の変わったものは端《はな》から食べないのだ。粗衣粗食を旨としているわけではなくて、要するに相当な偏食だからである。ただ、焼き魚や煮魚は好きだ。肉類は全てアウト。ハムもソーセージも、わずかなミンチも口にしない。生魚、つまり刺身も食べない。例外はイカと海老の刺身で、なんでそれは食べられるのかよくわからない。熟鮨とか、タラコやイクラの魚卵類、その他魚介類の発酵食品や珍味類は拒否。食味を語って得意とする私にとっては、生涯の食の伴侶として最も残念な事実であり、一方翻《ひるがえ》って、私の悪食を映す八咫《やた》の鏡でもあると、まあその辺のところで妥協するのだ。

手杓文字でよそふ鰻の櫃《ひつ》まぶし

ガラガラと牡蠣旅をして届きけり

食ふといふ言葉に恥じて秋灯し

塩茹でにして和となるや落花生

栗金団馴染みの暖簾《のれん》妻籠宿

外に出るとどこかで食事を摂ることになるが、一般の外食では、なかなかおいしいものに出会えない。調味料のはっきりしない料理は不安だ。化学調味料の入ったものが苦手である。硬いうどんやそばは敬遠する。外国の料理は私には濃厚すぎる。私は、とにかく味に文句が多い。

外のお付き合いで「好き嫌いが多いのね」と、妻と同等の偏食のように言われたこともある。「実は私はこうこうで～」と説明すれば、より批判されるだろう。憮然として遠ざかるのみ。

年食う間にいよいよ味覚が頑固になって、食べたいものと食べたくないものが露骨になってきた。若い頃の旺盛な食欲を卑下することはないが、今の独りよがりの食味を肯定する。食味の神様に教えてもらったように、旨さの高みを目指して、上り続けていこうと思っている。

全てとは言わないが、テレビに映る料理研究家の作るものや創作料理というものもあんまり。外国のスパイシーな味つけも全く合わない。日本の風土の中から生まれてきた食の歴史、そこから多くはみ出したものや、日本人の味覚を無視したものには、やはりついていけないのだ。

なんといっても長い時をかけて生まれてきた、その土地ならではの料理はいいものだ。素材の良さを知っているから、余計な調味料は使わない。そういうものはほとんど、私好みの単にして純なのだ。

結局は菜飯田楽選びけり

結願の寺に田楽豆腐あり

遠望の良き山裾に栗ご飯

親芋に幹《から》も残りて溶き辛子

# お抱え料理人

外食で選んだ料理がおいしくなかった時、同じものを家で作り直すことがある。「よーしそれなら」と意気込んでやるのだが、献立を考える手間が省ける利点もある。といっても、ちゃんとした包丁修行をしたことがないから、野菜も魚も自己流で、鮮やかにはいかない。それでも私は、極めて難しい客である妻のお抱え料理人である。客の嗜好を熟知した上で作った料理は、リメークであるにしても「おいしい」の評価が得られるのだ。そう言われれば「どうだ」と言いたいが、いや待てよ。もしかすると客のお世辞に支えられた自己満足かもしれない。

添ひて初春《はる》天上天下唯一無二

春筍《しゅんじゅん》の豊作にして卓狭し

豆飯の湯気も酔ひたる隠し味

鍋底で藍に濁りし蜆かな

新じゃがのはじけし皮に塩の花

料理というものは結局、家庭料理が中心になるように思える。粋を極めた料亭の懐石も、世界各国の高級料理も、味覚の頂点を目指す文化の極みであるが、庶民が日頃食べ続ける食事の親密さに比べれば影が薄い。言ってみれば、落語の「目黒のさんま」である。高級魚の料理に慣れたお殿様を襲ったカルチャーショックは、まだ脂分がぶすぶすと燃えている、目黒で出された「焼きさんまの旨さ」であった。家庭の食卓を飾る季節季節の旬の料理こそ食の文化そのものであって、季節で移り変わる旬の食べ物が、料理の本道であろう。

と言いつつも、私のみならず、たまには高級レストランの贅沢もしてみたいのが人情だが、おあとが、いや何事も適度がよろしいようで。

焼茄子の横たはりたるしどけなさ
我が美濃に長者の響き富有柿
金槌や銀杏割《わり》しひしゃげ音
雅《みやび》なる名にて一品衣被《きぬかつぎ》
孫数へ大鍋に煮るおでん種
煮凝りに鮒捕へられ動かざる

米を研ぐ冬着の袖のすれすれに

切干しの細い太いも土地の慣《なれ》

湯豆腐の火落とし待てば夜深し

ちり鍋や魚介を襲ふ煮切り酒

# 三狐神《みけつがみ》

栄養計算をするではなく、自分の食味の感覚で推し量って言うのだが、なんといってもやっぱり、私の家は肉料理が少ない。人類が台頭してきた頃は、狩猟による肉類が体を作る主食だったかもしれない。今でも、肉はたんぱく質の多い優秀な食品である。ある時、肉を要求する体に出くわすことがあるのだ。しかし、妻は言ったように肉を食べない。子供の時からそうだったという。若い頃は肉で育ったような私が、今や肉を敬遠するのは、妻のお抱え料理人でもあるが、生計を一にする夫でもあるので、食べる料理をそれぞれに作り分ける手間が面倒くさいからでもある。加えるに、残念ながらこの齢になって、肉を要求する体の勢いはなくなったということだ。

肉は、最も味の濃厚な素材である。どんな味つけでもそれなりにおいしい。ということは、肉は「料理」というほどの加工を要しない素材と言えよう。

「どんな料理でも肉を入れると旨くなっちまう。料理に肉を入れては駄目だよ。ふっふっふっ！」

食味の神様、三狐神《みけつがみ》が笑ってそう言ったが、なんだか狐につままれたみたい。旨くなっては良くないのか。どうやらそうではなくて、野菜を使った料理に肉を混ぜ込むと、肉の味が勝ってしまって、要するにどんな料理も肉料理になってしまうというのだろう。食味の神様は、広く稲作の神であり、食物の神でもあり、宇迦御魂神《うかのみたまのかみ》というのが本来だが、「御食津神《みけつがみ》」とも「三狐神」とも書く。私の家に棲みつく神様は、三狐神の当て字が似合いそうだ。

肉に限らない。確かに、いくつかの素材を混ぜ合わせて、これという料理になるものはあんまりないと思われる。学校給食が食事として危ぶまれるのは、栄養価を得るのに何種類もの素材を混ぜ合わせるからである。食の文化というものは、おいしいという精神文化を主体にするものであり、栄養価を基準にするものではない。

戦後の栄養不足に始まった学校給食は、子供たちの命と健康を守るのに必要なものであったが。足りないところに足りたものを持ってくるのはわかるが、足りすぎているところに足りたものをかぶせるのはよくわからない。この飽食の時代に、まだ戦後の貧しさがトラウマになっているとは思えないのだが。

混ぜ合わせる料理は日本にはあまりなかった。肉食が遅れた日本の食味は、あっさりした調味料が、自ずと素材を大事にする料理を作り上げてきた。肉食が流入して日本人の食生活が変わった。なんにでも肉を入れる。言ってみれば、草食人種が肉食人種に変身したのである。濃厚な欧米の食文化に圧倒され、日本人の味覚は混迷して、自国の食文化を忘れていった。ところが、日本食は世界で認められ、二〇一三年にユネスコ無形文化財に登録されている。だが、世界が認めてくれるのとは裏腹に、日本国内では焼き肉が相変わらず人気があって、どの焼き肉店も連日盛況を極めている。悪貨は良貨を駆逐するとでも言おうか、それはそれ、これはこれということか。

けれど、年老いて私はまた草食人種に戻りつつある。といっても魚は食べる。そして最初に述べたように、体の内から要求がある時には、肉も少しは食べる。しかし肉に偏る食生活より、野菜や魚を主とした食事の方が、ずっとバラエティーに富んだものとなるのだ。あちらの料理もこちらの料理も肉が入っているようなことはない。

椀底に春蘭鈍く咲きにけり

一品を足して嬉しき胡瓜もみ

「刺身はさぁ、二種盛りとか三種盛りとかいって、いくつかの魚を盛り付けるのは本当は良くないよ」

三狐神は突然そんなことも言った。ポン酢や醤油に刺身の脂が浮いて、次の刺身に混ざるとよろしくないというのだ。私もまぐろの刺身を食べた時、醤油の上に浮く脂の濃厚さに驚いたことがある。厳しい話だが、日本人の味覚は本来それくらい鋭敏なのだ。この齢になれば、日頃食べる料理も、単にして純なものがおいしくなる。

単品の良さは、その素材の味がしっかり出ていることだ。たとえば、金平牛蒡に人参を入れてしまうと……本来牛蒡だけで艶やかに仕上がり、その上に白ごまを添えた美しさを、余分なもので台無しにしてしまう。無論のこと、牛蒡の独特の風味も歯ざわりにも災いする。赤や黄色のパプリカなどを混入するなどもってのほかだ。混ぜ合わせる時には、絵描きが画布に色を重ねる時のように、料理が濁らない味覚のセンスが必要なのだ。

日本発祥の、変化に富んだ和食文化を忘れて、ユネスコの無形文化遺産の認定を受け入れるのは、なんとも残念な思いがする。

水飯や添へたき塩味五つ六つ

水飯の咽喉より落ちて冷えにけり

冷麦に氷放ちてつゆ薬味

鴫焼《しぎやき》の片方にも立ち三狐神

# 病垂《やまいだ》れ

新型コロナウイルスによる感染の流行は、まさに人類にとっての未知との遭遇であり、長年の日常生活を否定させるばかりか、人類の終焉を予感させるほどの恐ろしい広がりを見せている。

政治家はこう言い医師団はああ言い、ニュースキャスターも評論家も、この災難について論じるが、彼らの言動にこれという核心に迫る論理は見当たらない。感染者が多くなった時の予測はともかく、ある時、感染者が少なくなるのはどうしてなんだろう。何度も波を作るグラフは人に原因するものではなく、コロナの事情であるとしか思えない。ここを説明できないうちは、どんな対策も手当も、それで効果があるとはとても思えないのだ。

我が蓬邑亭は、県の要請による四月から五月の十九日間の休業に続いて、六月の一カ月を自主休業し、さらに新年恒例のお節料理の販売を断念した。お節料理は、断ち切れない料理への執着心を和らげる大事な行事である。年末の忙しさも年始の賑わいもなくなるのは、大変つらいことではあるが、ここは未練心よりも経済事情よりも、良識を先行させるべきだと思った。

人間社会は、自己中心の論理で事を解き明かそうとする。しかし、この世にある全てのものには、「自然の法則」という原初からのシステムが組み込まれている。繁栄が過剰になれば衰退につながるという、人間界の常識を覆す恐ろしいシステムである。繁栄なのか衰退なのか、人はいつまでも気づかない。

求め続けてその結果、いくつかの伝染病が人間社会を試してきた。それは存続を願うか、繁栄を求めるかの何度目かの問いかけである。いつまでも確かな答えがなければ、やがては人工では賄いきれないものが現れる気がするのだ。

お節料理はやらないと決めたけれど、情けないことに、なんだか気持ちが折れて、身体じゅう不調が出てきた。血圧が上がらなくて立ち眩みがする。おなかの調子も良くない。運動不足で筋力が落ち、すぐにつまずく。食欲もなくなってきた。新型コロナウイルスの感染こそ免れているけれど、痩せている体の上に痩せて、我が家特有の言いよう、「夏痩せ寒細り」を地でいくありさまとなっている。

未知の禍を胸に飲み込み夜長し

秋夜更け生き逝き難しに動悸して

痩せなるは病垂れにて下冷えす

人気無き病棟廊下に西日射す

患ひて夢に終りし貴船床

# 時は秋

朝十時の開店までには、わずかながら準備がいる。おしぼりの温度スイッチを入れ、レジに釣銭を用意する。これは簡単だが、次の床《ゆか》やテーブルなどの清掃には多少の力が必要だ。掃除機とモップも要る。その間に、珈琲用のお湯を五リットルのケトルに一杯と、もう一つに半分沸かす。それから別の小さいケトルに、日本茶用の茶釜に入れるお湯を二リットル沸かす。それから内玄関の床の間、店内のカップ棚の床の間、カウンターの袖、化粧室に花を活ける。まだ本番前の時間なのに、この頃だんだん重くなってきた仕事のいくつかである。

やっと開店時間ぎりぎりに作業を終え、私たちの珈琲タイムがやってくる。しかし、このコロナ騒ぎで客足は遠のき、何も慌てることもないのになんだか落ち着かない。やっぱり十時からは、私たちの時間ではなくて、客に振り当てた時間なのだ。長年の習性というものは、頭では切り替えられない頑固なものである。

外国《とつくに》の客も食せし芋煮付け

綿入れやしめ鯖に腹撃たれたり

秋立つや我が名まだ無き悔み欄

極月や禍《わざはひ》天より降る如く

しかしながら、ものは考えようだ。人間世界は、未知なる外敵に侵害されて大騒動だが、他の動植物はさほどのこともなく、稲や野菜に多少の不作はあっても、例年のごとく季節は穏やかに推移する。人の世をしばし忘れて自然に目を向けていれば、いつもと変わらぬ秋の訪れ。上田敏の訳したロバート・ブラウニングの詩をちょっと、いやほとんど盗作すれば「時は秋、日は朝、朝は七時、片岡に露みちて、蜩《ひぐらし》のなのりいで、蟷螂《かまきり》は枝に這い、神、そらに知ろしめす。すべて世は事も無し」だ。

稲の穂の田をぶちゃかって孕みけり
稲架《はさ》長く途中は少し曲がりけり
籾山《もみやま》の熾《おき》火膨《びふく》らみ暮れかかる
ここからの北に蜜柑の山あらず
国道の山登る際で蜜柑売る
萩垂れて花咲き返す川面かな

この先は摘む花消えて野菊かな

どこへ旅するのでもなく、この街に生活する日常の中で起こる微かな変化。それらを増幅して、一日を満ち足りたものにしたいが、それはなかなかのことである。芭蕉の「笈の小文」にあるように「造化にしたがひて四時を友とす。見る處花にあらずといふ事なし。おもふ處月にあらずといふ事なし」そんなだったらどれだけいいか。遠くへ出かけなくても、むやみに浪費をしなくても心満ちて、それ以上を求めなくて済む。

まあしかし、下手な俳句でも、ひねくれば少しは間が持てる。人生の終盤に降って湧いたコロナ騒ぎに、なんとか対応しようとあれこれやってみるのだ。

天高し思へば不思議の中に在り

はるばると来て鵯《ひよどり》の実を盗み

蓮茎の水の中まで枯れにけり

秋茜《あきあかね》いづれも円を侵さざる

響《とよ》もして異次元世界虫の闇

伊吹から中山道へと秋没日《あきいりひ》

銀杏散る昼の水面であるにしろ

ピーナツの繭玉《まゆだま》割ればば三粒ほど

# お節料理

昔を思い出すのは、甲斐性のなくなった年寄りの逃げ場だろう。近頃、とみに昔話が多くなった。

蓬邑亭で初めてお節料理を売り出した時は、三十二種を五人前の見当で作った。使い捨ての重箱も仕入れて、原価も高くついた。やっぱりまだ元気だったんだろう、いくつかの料理を作ることが楽しかった。妻の妹や友達に応援を頼んで、途中に除夜の鐘を聞いても、まだ終わらなかった。

明けて元旦には店を開け、二日にもやはり営業した。十年を超えた頃から、思いついて重箱をやめ、一人分のお節にしたのだ。入れ物もパックにして、お持ち帰り用も、その場での会食も同じものにした。

料理組む箸の運びに除夜の鐘

年越すや焼物煮物の匂ひ満つ
食材が料理となれり去年今年
ごまめ炒る技も手練《てだ》れとなりにけり

「料理を飾り立てるのはあんまりいいことではないよ」

食味の神様がそう言う。

「包丁仕事は大事だけれど、無駄を出すようじゃいけないよ。不揃いでいいんだ。盛り付けの時にちょっと工夫すれば、それでオーケーよ」

日本料理には「飾り切り」という包丁技術があって、人参や胡瓜や大根や果物などがいろんな形に切り抜かれる。食味の神様は「それもほどほどに」と言う。ハランや笹、南天の葉、カエデの葉、よりうどや、より人参ぐらいは悪くないらしい。

「食べ物に関係ない材料で料理を飾るのが一番いけないね。たとえば、色のついたセロハンとか水引細工とか、網や籠などは、祝儀などの食べない料理の時のもので、ふだんに利用すると、食欲を半減させる効果しかないね」

だんだん厳しくなる食味の神様の言葉に、もう一度襟を正す思いになる。

私も料理を扱ったテレビ番組で、気になることが多くある。日本は結局、豊かすぎるのだろう。高級素材を贅沢に使って料理人を競わせたり、大勢でいくつもの料理を食べて値段を当てさせたり、大食い女子を集めて食べっぷりを見せたり、食品をおもちゃにして、もったいないの国がなんたることか、というようなありさまである。あのような番組に出会うと、なんだか胸が焼けるような気がして食欲が落ちるのだ。

ホテルや料理店、デパートやスーパーなどで予約販売されるお節料理の中には、高級素材を組み合わせて飾り立て、見た目に豪華さを演出した「洋風お節」のようなものがある。ロース肉にキャビアをのせトリュフを飾ったような、一口食べると二口目の箸が出ない濃厚さである。

お節料理というものは縁起物で、奇を衒ったものや創作料理は「本来」ではない。

さすれば、おめでたい縁起のいい食材を調理して、付け加えるところを極力少なくしたい。素朴がいいのだ。なるだけ単品を料理する。しかし、言うなれば、これが最も難しい。直球勝負ということだ。

めでたさや出世魚にて鰆焼く

重箱をパックに替えて一人重《ひとりぢゅう》

柚子釜や大根人参昆布柿

まだ店を開いてなかった頃、お節料理は、親類縁者に配る年末年始の挨拶代わりだった。だから、元旦はくたびれて寝正月。遅くに起きて綿入れ半纏をはおり、年賀状を読み、やっと雑煮を食べるくらいだった。

二日はようやく家族が揃い、自家製のお節料理が輝きを増す。めったに飲まない酒も当たり前に出て、「ご苦労様でした。今年もよろしくお願いします。乾杯！」の後、我が家のお正月が始まった。でもやっぱり、もう昔のことである。

新玉《あらたま》の酒ゆえ今朝は顔染めし

先ずもって雑煮の餅の出来を褒め

重詰めのそれぞれここに完結し

数の子の歯にはじけたる小幸《こしあわせ》

組重の慈姑《くわい》角《つの》にて釣り上げし

年越せり色艶々と丹波黒

喜寿過ぎぬ海老は曲がりて歳飾る
年末の帰省嬉しきやかましさ
明けて無事息をしておりこの夕べ
一人抜け二人帰れば冬の空

## 楽に寄す

お節料理をやらなければ、この年末やることがないので、テレビばかり見ている。テレビも、この頃はお笑いタレントの芸でない出演がほとんどで、そうでない番組を探すのに苦労する。彼らが何もしないのではなく、テレビ局が彼らに演技をさせる企画を立てないのだ。コロナ禍になってからではなくて、もう何年も前からそうだった。

番組を探すうち、オーケストラの映像が映った。今年はベートーベンの没後二五〇年に当たり、テレビの中は三日にあげず演奏が流れている。「やっぱりこれを聴くか」あらためて聴いていると、卓越した作品の出来具合に今更ながら感動する。音楽が呼吸であり、血であり言葉であり、聴くほどにその作品は、音をもってベートーベンの存在そのものとなる。

そういえば以前、隣町へピアノコンサートを聴きにいったことがある。岐阜市へもオーケストラコンサートに行ったことがあった。残念ながら我が町ではクラシックの音楽は聴く機会がない。

やや寒や市民ホールにコンサート

ヴィオロンの弓揃ひ立ち秋更けぬ

煌々とピアノは歌ひ今無月

管弦のみな音となり秋ホール

ベートーベンとは言わないまでも、音楽はいいものだ。クラシックにこだわることはいささかもなくて、私は音楽に節操がない。いわば、なんでも好きになる。バイオリン協奏曲を聴いた後で演歌を歌う。フォークソングの追っかけをしているかと思えば、次にはシャンソンに夢中になる。ジャズも好きだが長唄も好きで、覚えきれない越後獅子をちょっと口ずさんでみたりする。断っておくが、今まで私の生涯に出会わなかった音楽だけは敬遠する。これも、他のものと同じようについていけないというべきかもしれない。どの分野においても、私が快い一定のレベルをクリアーしたものだけが私を満足させる。私の体の中には、経験したいくつもの好みのリズムがあって、絶えずそのどれかを選んでいる。そうでないものは、今更経験してももう好きになれなくて、理屈抜きで選ばない。言ってみれば、子供の時から食べたものは好きだが、今になって出てくる新しい食べ物はダメということだ。

思ってみるに、私は音楽だけでなく、芸能全般なんでも興味があるみたいだ。遊び好きなのである。もっと私を満足させる、おいしいテレビ番組が多くなることを期待する。

夜の部の芝居見物酔芙蓉

菊月の襲名披露ビルの風

仁左衛門見て出てくれば小望月

秋舞台仁木《にっき》弾正《だんじゃう》面明《つらあか》り

芸繋ぐ役者の所作や秋扇

# お伊勢詣

唐突な話だが、自由に出かけられないご時世になって、ふと伊勢が脳裏に浮かんだ。伊勢ならそんなに遠くない。車で移動可能な距離だ。お伊勢さんへ行きたいと思って、もう何年も実現していない。

しかし、混雑のありさまを想像する。駐車場の混み方や本殿の人の多さを思うと、二の足を踏むのだ。若い頃と違って、私の中で伊勢はどんどん遠くに行き、一挙に車を飛ばすイメージが湧いてこないのだ。

最後に伊勢詣をしたのは、なんと平成十二年の二月、二十年以上経っていることになる。大垣市へ嫁いだ娘が女の子を生んで、その子が二歳になった頃だ。

伊勢神宮内宮の境内へ入ると、樹齢数百年といわれる何本もの杉の巨木に囲まれる。参道はしんと鎮まって冷ややかに続き、自ずと改まる精神世界の変化を体験するのだ。

心の底に未知なるものが存在する。無尽蔵の力の予感。人知の及ばない存在の前に、自ずと生まれる惧《おそ》れと慎《つつし》み。日本人が忘れてはならない自然に対する畏敬の念である。

春光に鳥歩ませて五十鈴川

時間《とき》語る巨杉の息や伊勢参宮

妻と買ふブリキの金魚伊勢詣

いつまでも続くコロナ禍にあって、今年も伊勢詣は行けそうもない。しかし神宮への思いは変わるものではない。全てのものに神宿る。日本国民の心に深く潜在する八百万の神々の、頂点にしろしめす天照大御神は、まさしく造物主であり、自然崇拝の極致に立つ存在である。惧《おそ》れ多いが、おはらい町やおかげ横町で食べる栄螺《さざえ》のつぼ焼きや出来立てのはんぺん、赤福餅や伊勢うどんは、伊勢詣の余禄と言おうか付き物と言おうか、お伊勢さんはいい所である。

妻と来て伊勢は海国焼き栄螺《さざえ》

石蓴《あおさ》売る横町に誓子《せいし》記念館

香り立つ手巻きの海苔に裏表

# 桜花爛漫

春から春へ、一年は春を基準にして回転するとしか思えない。春は四季の中で飛び切りの季節である。もう八十回私の人生に春が訪れたことになる。今更ながら驚くべき回数だ。

春になれば、なんといっても桜が主役だろう。桜のことは今までにもう何度も何度も書いた。書いても書いても書き足りないのが桜である。しかし、読む方はたまらない。いい加減にして書かないのが利口だろう。と言いながらも、桜にまつわる和歌や俗謡が頭をよぎる。

平安の時代、在原業平の和歌にはこうある。

世の中に絶えて桜のなかりせば春の心はのどけからまし

伊勢物語第八十一段に、業平は右馬《みぎのうま》の頭《かみ》として登場する。平安の昔から桜は美しくも儚《はかな》い象徴であった。そしてもう一つ思い出す歌がある。

咲いた桜になぜ駒つなぐ　駒が勇めば花が散る

江戸時代の民謡でもあり、小唄でもあり、都都逸でもあり、元の出所はおぼろげだが、歌の意味よりも、桜と駒との取り合わせが大和絵を見るようだ。なんだか馬つながりで、二つの歌がどこかリンクしているようにも見えてくる。

珈琲専科を始める前、車好きの私の愛車はＶ６・３０００ccツインカム・ツインターボのＧＴで、トルクは46、タイヤは幅広くリフトは低く、シルバーメタリックのボディが美しかった。ある年の春、真っ盛りの桜の堤をゆっくり走り、一本の桜の大木の前に止めた。車外に出て我が愛車を眺めた時、車は銀色の駒になっていた。俊足で少し暴れるあの車、商売に専心するために手放したが、今でも忘れない。惜しかった。

訪れの途絶えし客や花だより

桜急《せ》く二分が帰りは三分咲き

花散るや銀の自動車《くるま》の競《きほ》ひ立つ

花重し幹黒々と老い桜

駈けてゐる中学生ら花の昼

わざわざ遠くへ行かなくても、この町と近隣の桜で十分な満足が得られる。出来山の山桜、羽根谷の染井吉野と八重桜、専通寺の二百年を超える枝垂れの古木、大榑川《おぐれがわ》堤や輪之内輪中提の桜のトンネル。それら桜の名所とは別に、神社の境内を飾る桜や、いくつかの寺が大切に育てた紅枝垂れ、小学校の敷地に競う老桜、野に咲き誇る一本桜の美しさなど、馴染みの桜を今年も見るのは、無上の喜びである。

また養老の桜や、大垣市奥の細道ゆかりの住吉灯台の桜、墨俣《すのまた》犀川《さいかわ》沿いの桜並木、池田霞間《かま》ケ谷の桜、根尾の薄墨桜も、近隣の、そして気楽に出かけられる馴染みの桜の名所である。

桜までここ数日の照り曇り

妻ありて住吉灯台花の下

花人の一木づつをせしめたり

三人が等しく老いて桜守

花明り流して今日の芥川

紅枝垂傘の内より仰ぎ見し

特筆すべきは、近年になって養老多度山脈のほとんどの山肌に、自生の桜が点々と咲き始めたことである。染井吉野か山桜か、遠景で判別できないが、目を上げれば飛び込んでくる、山肌を飾る桜の風景は素晴らしい。そのうち一山が桜の山になってしまいそうな案配である。察するに、鳥による現象のように思う。実生で根が着き、何年か経過して、この二、三年前から花を咲かせるまでに成長したのだろう。まさに自然の営みである。

老いたるや花色透けし専通寺

らくかしきり旧かなつかひむつかしや

山蔭へ花散るまでの遠さかな

満身に一物も得ず花吹雪

養老の桜から野は展《ひら》きけり

工場の土地に根付きて桜栄《は》ゆ

川筋を明らかにして花続く

# 昨日今日とは

人は何かをしていないと一日が暮れない。料理でいえば、お膳の上においしいものを並べる楽しみが充実感につながる。

振り返れば、長い勤めの時代があった。その場その時の風に吹かれ、押し通してきたものもあったが、無理やり飲み込んできたものも多かった。妻という人生の相棒を得てなんとか身を処してきたが、それは偶然がもたらしてくれた幸運だったに違いない。

あれから、辛うじて自分たちの店を持ち、十七年の時間を超えた。けれど、何事にも終わりは来る。費やしてきた時の流れが、容赦なくあらゆるものを削っていく。長いようで短いというのは、過ぎた時を語る常套句である。

人見えず濃尾平野に余寒満つ

変らずに時間《とき》のみ進み春の雪

生きのびて春や来るらむ夜の雨

黄梅のやがて手毬に咲ける鉢

黄梅の一輪散るや寂しかる

初咲きは鳥に喰はれし紅椿

満天星《どうだん》の花零《こぼ》れ出て積もりたり

今年また桜見るかや山煙《けぶ》る

我が庭に花開くべし鳥唄へかし

もう言われるまでもなく、先は見えている。見えているからといって、何もかも放り出すわけにはいかない。終わりは予測できても、そこまでの距離は確実に示されないからだ。ぼんやりとした先行きは靄《もや》に包まれて、明日とも、もっと遠くともわからず、これでは楽しんでお膳の上に料理を並べようなどと思えなくなる。つまらない毎日が連綿と続けば、さすがにいらいらとして少しばかり自棄《やけ》てくるのだ。

つひに行く道とはかねて聞きしかど昨日今日とは思はざりしを
（最後に行く道とはかねがね聞いているけれど、昨日今日の差し迫ったことと
は思わなかったのだが）

伊勢物語からの引用も、多分これが最後になるだろう。

これは業平の辞世の歌である。辞世とは世を辞すこと、言うまでもなく死ぬ間際のことで、その時作った歌が辞世の歌となる。死ぬ間際にそんな余裕があるのかということだが、業平本人が選んだ歌ではなく、後世の誰かが選んだ歌であるから、死を覚悟して予め作っておいた歌でも、それらしい晩年の歌でも、辞世の歌は成立する。

業平の頃は貴族社会で、武家社会のように突然に腹を切らされることはなかったろうから、言ってみれば余裕をもって辞世の歌を詠める。

風さそふ花よりもなほ我はまた春の名残をいかにとやせん（浅野内匠頭）
住みなれし里も今更名残にて立ちぞわづらふ美濃の大牧（平田靭負）

忠臣蔵や薩摩義士のような武家社会の場合は、悠長でいられない。死の直前が歌作の時だ。

俳句の場合でも辞世の句はあるが、俳句は庶民の文化であるから、もう少し穏やかである。ただ、和歌より短くて辞世の句となれば感情表現が難しかろう。

散る桜残る桜も散る桜（良寛）

旅に病んで夢は枯野をかけ廻る（芭蕉）

和歌にしろ俳句にしろ（もしくは後から他人が付けたのかもしれないが）それらしきものを選んで辞世の歌、もしくは句としたのであれば、私の句もどれかが辞世の句になる可能性はある。しかし、死んでからのことにはなんの願いもない私は、それを望まない。案ずることはあるまい。辞世の句を探してくれるような人は、誰も見当たらない。俳句は見様見真似の遊びであり、意を尽くせない五里霧中の産物なのだ。ただ、生きている楽しみとして、生きてきた自分へのはなむけとして、生きているうちにちょっと、自分を慰めたいだけだ。

自転車の秋を来て声遠ざかる

烏瓜夜に広げし花の網

山鳩の仲睦まじき秋の朝

色脱ぎて山は静かに睡《ねむ》りけり

「昨日今日とは思はざりしを」思わぬ時、突然辞世の瞬間が来て、生きてきたあれこれを納得しないまま終わるのは好みにあらず。せめて頭の中だけでも幾分かの整理をしておきたいと思っているのだが、今となっても未練たらしく、ふつふつ煮え立ってくる鍋底の気泡のような小さな野心が邪魔をして、何事もまとまらない。今はただ、我流の俳句だけが、露に濡れて散り落ちる楓の葉のように、乾いた心の内に微かな色模様となる。

風渡る広野遥けし昼の月

柿紅葉庭に舞ひ来て陽は白む

街行けば虚空掴みて桐一葉

尾根あたり光まだ満ち秋夕焼

いつとなく虫風になり夜は更ける

エノコロに風の姿を垣間見む

鈴虫の籠から籠へ貰はれし

# 渡る世間

長く生きて、思うに任せないことが多くなり、現代の世情や、周辺の人たちとの間を取り持つ歯車が、なんとなくきしみ始めたように感じている。民主主義が逸脱して、なんでも自由の気運が高まり、勝手のいい言い分が横溢している。「価値観の多様化」と言って、個々の価値観を一般に認めさせようとする風潮もある。また、軽々しくそれに同調する若い世代にも、近い将来を思うと期待できないのだ。

確かに、世に古びて新しいものに乗りきれない自らの怠惰は否めない。しかし、それを克服する余力はもうない。日々を繰り返していくことだけが、生きていることの全てである。こうして徐々に衰退し、一つ所に留まって乾いていくことが、いくらかの無念さとあきらめの中で推移していく。

どのシャツも合はなくなりて衣更

行き行きて実も葉も青きトマトかな

渡船まで熱き砂地や螽斯《きりぎりす》

月見草色めかしきに闇の騎士

国道のラッシュアワーに夕焼散る

サラダなる記念日もたず秋隣

人はどうやら進化しすぎて、自由を謳歌するあまり、行く先を見失ったように見える。人は群れることによって生き永らえてきた。それを社会というが、我が日本ではもっと主観的に「世間」という。日本社会は市町村から字、小字と、こまごまと集落ごとにかたまり、ソサエティーを社会と翻訳して、集落に当てはめることは似合わないのだ。まさに世間、渡る世間である。

世間は相互扶助の裏に、同調圧力という跳ね返りを持っている。集団の心の中にある同等意識が、独り勝ちや抜け駆けを許さない。いくつもの目が絶えず見張っていて、まさに圧力となって戸惑うこともあるが、根底に力を持つものではなく、僻《ひが》み、妬《ねた》みから発生する灰色の靄《もや》のようなものであろう。

しかし、考えてみると相互扶助と同調圧力の両者は、同じもののような気がするのだ。同等であるが故の相互扶助であって、独り勝ちの者はそれだけの施しが必要になる。そして同調圧力の相互監視は、もの言わぬ重さで世間の秩序良俗を司っている。つまり、渡る世間なのである。

けれどこの頃、もしかして人はもう集団を必要としない生き物になっていくのではないかとも思うのだ。相互扶助の必要は希薄になって、利害関係だけでの結びつきしかないようにも見える。同じように聞こえても、「ウインウイン」と「フィフティフィフティ」は違う。自己の利益が伴う関係は、やがて必ず破綻が来る。種を全うする基礎は、互いの存在を意識して群れのバランスをとることである。それを顧みないで個を押し通すなら、種の進化は絶滅に向かって一直線の構図となるだろう。

滴りに深き傷あり裏伊吹

裏伊吹裾野に虹を飾りたり

七年の地神の唸り蝉時雨

限りある命と知るや蝉時雨

大高き野の勢や夏燕

学ばずやかくて三夏を越えにけり

壁高く白骨となりて蝸牛

持込めばはらはら散りぬ縷《る》紅草《こうそう》

青葉木菟声なくなれば松枯れぬ

命灼く片手の指も余りけむ

夢の世に忘れ物して明け急ぐ

咲ききって額紫陽花の藍深し

君は暫しそこに睡《ねむる》べし夏の果て

# 世代交代

思いつくままに文を綴り、勝手に俳句を作って、未曽有の厄災を凌いできたが、いかにしても時は進み、今はもう秋たけなわ。木々は染まり、山粧《よそおい》て天高く、どうしてかコロナは活動を止め、日々何千人という感染者数を数えた時が嘘のよう。どうやらコロナは活動期と休息期があるように思えるが、その移り変わりの事情もまだ解らないらしくて、休息期のこの後、どんな展開が待っていることやら。

平野に稲穂が垂れ、大豆が鞘をつけ、山に柿が熟し、蜜柑が色づき、この三年近くの、まさに隠忍自重の毎日を、悪い夢を見たように受け流す。しかし、この間にも私の内外に微かに進行する負の感覚は夢とは言い難い。それはやはり、老いがもたらす当然の現象なのであろう。

人は、「生きる」という生まれながらに与えられた、大きな命題の上に進んできた。楽しいこともいくつかあったが、耐え難い困難もいくつかあった。常に平穏な生を求めて、自己の確立に努力してきた。しかし、あらゆる種の目的は繁栄と存続である。種は生き代わり、死に代わり、世代交代してその目的を果たす。種を形成するその成員は、最後に「死」という運命を抱えている。個は集団のために、死をもって貢献するのだ。言ってみれば、人間個人の自由や尊厳や命の重さなどは、集団の繁栄に準ずるものでしかない。しかし、人の死が人類の繁栄と存続に組み込まれた絶対的条件であれば、死することは終局のやりがいとも言えそうだが……。

永遠の彼方から永遠の向こうへと、時は留まることのない流れとなって全てを飲み込んでいく。ゆったりとおおらかに、完璧な摂理を揺蕩《たゆた》せてゆるぎない。生きとし生けるものは世代交代を繰り返し、その理法から逃れられるものはなく、永久に生き永らえるものはいない。「生きよ」と促す声と、終わりが来ることを予告する声との撞着の中で、人は大抵、戸惑いながら終章を迎えるのだろう。

人として長いこと生き続け、数々の歓楽を極めてなお、生きることに未練たらしいのは、我が生きざまの名誉のために、内に秘めておくべき事項である。しかし、人の道を伝えたいかなる先導者も、卓越した能力を発揮した潔《いさぎよ》い各界のヒーローも、その晩年の面影の中に、私には時雨空のように寂しく哀しい表情が窺《うかが》える。

　私たちの生は、どんなことも未完である。熟しきることなく、登りきることなく、中途半端で終わる。ただ、熟そうとする意志や、登ろうとする気力には喜びがあった。それならどうして、死ぬことへの喜びがないのだろう。我々の生物としての仕上がりに少し疑問が残る。生き続けようとする意志には後を押す天の声があるのに、時が介在すれば次第に衰退し、終焉には天の声は遠ざかり、寂しい季節が来る。しかし何故《なにゆえ》、人は死がこれほど寂しいのか。

　生きとし生けるものに与えられた、種を維持するための本能的生活の全ては、「造物主による予定調和」と言ってよい受動的な立場で十分に完成している。それは、存続と繁栄を目指す、送りつなぐべき遺産である。襲い、殺し、盗り、喰らうなどの動物的行為は、実は生きんがための手段であって、人間の身にも消えることなく存在し、その攻撃的性質を否定することはできない。しかし、本能的生活の中には、環境を選んだり、帰趨本能だったり、味覚とか気候とかの選択だったり、内向的な性質も含まれている。中でも死ぬことへの恐怖感は、裏を返せば「生きたい」「死にたくない」

と思うことの表れで、「生きよ」と促す天の声と思われる。

生が尽き、骨となり朽木となり、やがて土に還る工程は、与えられたままの生を全うし、花を愛で、季節を楽しみ、人を愛し、生きることに忠実であった満足すべきものであるように思われる。けれど死に対する時、なぜか不条理の思いは消えず、寂しさはぬぐいきれない。

死せることは別れること。人や物や事、それらとの別れは寂しいことであるが、最も寂しいのは自己、自分との別れである。

人間は妙な生き物である。自分というものは自己という主観の中にあって、自分が外から自己を見るのは難しいことのように思えるが、「もし自分が死んだら」を前提にした時、自己は突然客観的に見えてくる。さまざまに色づけされた人生が脳裏に甦り、そんな自分との別れが、締め付けるように寂しさを強調する。

人間には想像力があって、来し方行く末を考えることができる。また、しつこいまでの探求心がある。それは、人間としての進化に伴うものである。そのことは、もしかすると造物主の「ただ一つの創りそこない」だったのかもしれない。あらゆる生物の中で最も脳を進化させた私たちは、過去の経験を積み立てて判断することができる。それ故、人は襲い殺し、盗り喰らうことを否定することができる。死を認識し、別れを予測することができるが故に、である。だが、だからといって寂しさから抜けきることとは別の話だ。

人間は生死をどこまで捉えられるか。生あるものを死に運ぶ、時間というものはいつから始まり、永遠の向こう、時の果てはどこにあるのか、その瞬間に呼吸する生命とは、そもそもなんなのか、生とは死とは。もしかすると、それをある時に明らかにすることが、人間の次世代に渡す二つ目の遺産なのではないか……とも思われる。遠い未来のある時から、死は恐怖や寂しさから解放されて認識されるかもしれない。

今はまだ、人は生きた分だけ少しずつ蓄えて、次の世代に送りつなぐ地道な時代である。人は生きると同時に、与えられた生きざまと、自らの生きざまの解明という二つの立場で、「死ぬまでを生き続ける」ように思われる。されば今のところは、及ばぬまでも、考えながら生きていることが「生きる」ことであり、それは無論、やがて死ぬ意義に通じる過程であると思える。だが人が誕生してこの世紀、まだまだ確実に近づいてくる死の寂しさは、くどいようだがやはり逃れようもない。

終章に近づき、思いもよらず不満や愚痴や泣き言が連綿と続いて、なんとも不甲斐ない内容になった。文章はいつも、調子よく美しく、粋で雅《みやび》で、楽しくおいしくありたいと願っているのだが、時には意に反して裏返り、かく情けないありさまとなる。俳句なんぞを引っ付けようと、分に過ぎた企てをしたことが、やっぱり末に来て齟齬を生んだということであろう。それもこれも、年寄りの冷や水ということにしていただいて、心ならずも終わりにしたい。

常盤木も少し色づき山紅葉

親《ちか》き人みなわづらひて柿分ける

草の根に逝き鮮やかに秋黄蝶

人は皆抱《かか》ふるもの重し雁渡る

秋過ぎぬ若き客とのカウンター

戯れに神は試すか暮れ早し

終りあること屹立し冬ざるる

木曽遥か孤高の山の雪深し

みな逝きて解《ほど》けし雪も今日明日

年末の客なり生前の礼と云ふ

寒雀命果つ時チと鳴くや

外灯の消え損じてか冬の雨

ただ冬を見て廻りけり休業日

ある冬夜泣きたくなる日と妻の言ふ

水仙は喩へし美称その昔

夜を適れ脈の乱れし霜の朝

珈琲にしてぼつぼつと春を待て

積む雪に背《せい》の伸びたる伊吹山

今日もまた伊吹は見えず雪降るらし

雪背負ふ往ける車に来る車

幾鉢も盆栽棚の枯木かな

現とも夢とも見えし花幾度《いくど》

やうやくに咲きて誇りて花の散る

雲晴れて四月の山ぞ顕るる

自転車の夕星ひとつ春の暮れ

山はもう積もること無し別れ雪

ただ一羽春の鴨ゆく薄曇り

山桜はるかに人の齢を越え

蓮華田に入ればふわりと嬉しくて

海までも木曽三川の青柳

一面の菊咲一花《きくざきいちげ》を踏まず行く

喧《かまびす》し客一頻り春蕩蕩

朝暗し雨の降るらし春愁ひ

空からの新聞写真五月富士

白日の光り睨むで五月鯉

死んだふりして春闌《た》くる寝起きかな

雨蛙声競《きそ》ひつつ登校児

完（四四八句）

# あとがき

令和四年八月七日が来て、私は満八十歳になった。この日は立秋。歳時記の季語は秋立つ日でも、実季節は夏の盛りである。

秋立つや我が名まだ無き悔み欄

この句は三、四年前に作ったものである。齢を取ると、新聞の地方版に載る悔み欄が気になってくる。同年代の見知った人の名があるのではないかと目を凝らす。誰も見当たらなければそれでよしだが、時に見知った名が載っていると黙っていられない。即、妻に報告するのだ。

妻は私と同じ町に育った一つ下の七十九歳、反応は同じだ。私たちはそういう年齢なのだ。しばし、その人についての思い出話をして、周辺の人たちの噂話をして、もう一度私たちの年齢を認識する。

もしかすると、ある日、悔み欄に自分の名前を発見するかもしれない。

「そうか、俺は死んだのか。そういえば、なんだか体が軽いような気がするし、周りに妻も誰も見当たらない」

そんなことがあるはずもないが、一つの諧謔として前出の俳句となった。現実の死はもっと深刻だが、生きていることも、この頃は思うに任せなくなっている。世間の変わりようが早急でついていけない。今まで楽しんできたことがどんどん消えていって、人生のフィナーレを悠々閑閑と送るわけにはいかなくなった。

私の生まれた昭和十七年は、終戦の三年前。それから七十七年。敗戦、焼け跡、飢餓の後、復興、所得倍増、経済大国など、発展繁栄の文明社会が加速する。グローバル世界にナショナリズム、世界は共通の目的を持つ。

時代は止まることなく変化して、常に新しいものを求め続ける。それらの殆どは、私に不要なものとしか思えない。ところが大勢の元にそれらを強いられると、徐々にストレスが膨らんでくるのだ。

かつて、明治、大正は降る雪の中に消えていったが、昭和も桜散る春の日、感慨を同じくして遠くなっていった。それからさらに、平成、令和と二つの時代が続く。日本が懐かしいのだ。年寄りの回顧主義だと笑わば笑え。この国の四季を、景色を、文化を、作法を、食べ物を、人を、家族を、街並みを、元に戻したい。

ここに無謀を承知で初心の俳句を主題にしたのも、我知らずのうちに日本である最も身近なものに心惹かれたからであろう。俳句に関わる全ての先人に、失礼の段段、平にご容赦を願う次第であります。

**著者プロフィール**

**山田 隆一**（やまだ たかいち）

昭和17年８月７日生まれ、岐阜県海津市出身。

昭和36年、岐阜県立海津高校卒業。

昭和39年、海津町役場（現海津市役所）へ勤務。

平成８年より教育委員会、学校給食センター出向。

平成14年11月、退職。著書に『学校給食を知っていますか』（平成15年、文芸社）、『珈琲茶寮「蓬邑亭」懐想録』（令和２年、文芸社）。

**珈琲茶寮「蓬邑亭」吟行　日常茶飯句**

2023年７月15日　初版第１刷発行

著　者　山田 隆一
発行者　瓜谷 綱延
発行所　株式会社文芸社
〒160-0022　東京都新宿区新宿1－10－1
電話　03-5369-3060（代表）
03-5369-2299（販売）

印刷所　株式会社フクイン


ISBN978-4-286-24304-7